Comedia llamada Trato de Argel

Miguel de Cervantes Saavedra

Jornada primera

Interlucutores:

AURELIO.
FÁTIMA, *criada de Zahara.*
ZAHARA, *ama de Aurelio.*
YZUF, *amo de Aurelio.*

AURELIO
    ¡Triste y miserable estado!
¡Triste esclavitud amarga,
donde es la pena tan larga
cuan corto el bien y abreviado!
    ¡Oh purgatorio en la vida,   5
infierno puesto en el mundo,
mal que no tiene segundo,
estrecho do no hay salida!
    ¡Cifra de cuanto dolor
se reparte en los dolores,   10
daño que entre los mayores
se ha de tener por mayor!
    ¡Necesidad increíble,
muerte creíble y palpable,
trato mísero intratable,   15
mal visible e invisible!
    ¡Toque que nuestra paciencia
descubre si es valerosa;
pobre vida trabajosa,
retrato de penitencia!   20
    Cállese aquí este tormento,
que, según me es enemigo,
no llegará cuanto digo
a un punto de lo que siento.
    Pondérase mi dolor   25
con decir, bañado en lloros,
que mi cuerpo está entre moros
y el alma en poder de Amor.

Del cuerpo y alma es mi pena:
el cuerpo ya veis cual va,										30
mi alma rendida está
a la amorosa cadena.

Pensé yo que no tenía
Amor poder entre esclavos,
pero en mí sus recios clavos										35
muestran más su gallardía.

¿Qué buscas en la miseria,
Amor, de gente cautiva?
Déjala que muera o viva
con su pobreza y laceria.										40

¿No ves que el hilo se corta
desa tu amorosa estambre,
aquí con sed o con hambre,
a la larga o a la corta?

Mas creo que no has querido										45
olvidarme en este estrecho,
que has visto sano mi pecho,
aunque tan roto el vestido.

Desde agora claro entiendo
que el poder que en ti se encierra										50
abraza el cielo y la tierra,
y más que no comprehendo.

Una cosa te pidiera,
si en esa tu condición
una sombra de razón										55
por entre mil sombras viera;

y es que, pues fuiste la causa
de acabarme y destruirme,
que en el contino herirme
hagas un momento pausa.										60

Yo no te pido que salgas
de mi pecho, pues no puedes;
antes, te pido que quedes,

y en este trance me valgas.
    Mira que se me apareja   65
una muy fiera batalla,
y que no he de atropellalla
si tu consejo me deja.
    Del lugar do me pusiste,
me procuran derribar;   70

pero, ¿quién podrá bajar
lo que tú una vez subiste?
    Ya viene Zahara y su arenga;
¡ay, enfadosa porfía;
cómo que me falta el día   75
antes que la noche venga!
    ¡Valedme, Silvia, bien mío,
que, si vos me dais ayuda,
de guerra más ardua y cruda
llevar la palma confío!   80

(Entra agora ZAHARA, **ama de** AURELIO, **y** FÁTIMA, **criada de**
ZAHARA.**)**

ZAHARA   ¡Aurelio!

AURELIO   Señora mía...

ZAHARA   Si tú por tal me tuvieras,
a fe que luego hicieras
lo que ruega mi porfía.

AURELIO   Lo que tú quieres yo quiero,   85
porque al fin te soy esclavo.

ZAHARA   Esas palabras alabo,
mas tus obras vitupero.

AURELIO   ¿Cuál ha sido por mí hecha

que en ella no te complaces?   90

ZAHARA   Aquellas que no me haces
             me tienen mal satisfecha.

AURELIO   Señora, no puedo más;
             por agua me parto luego.

ZAHARA   Otra agua pide mi fuego,   95
             que no la que tú trairás.
               No te vayas; está quedo.

AURELIO   De leña hay falta en la casa.

ZAHARA   Basta la que a mí me abrasa.

AURELIO   Mi amo...

ZAHARA   No tengas miedo.   100

AURELIO   Déjame, señora, ir,
             no venga Yzuf, mi señor.

ZAHARA   Quien queda con tanto amor,
             mal te dejará partir.

AURELIO   No hay para qué más porfíes,   105
             señora: déjame ya.

ZAHARA   Aurelio, llégate acá.

AURELIO   Mejor es que te desvíes.

ZAHARA   ¿Ansí, Aurelio, me despides?

AURELIO   Antes te hago favor,   110
             si con el compás de honor
             lo compasas y lo mides.
               ¿No miras que soy cristiano
             con suerte y desdicha mala?

ZAHARA   El amor todo lo iguala: 115
             dame por señor la mano.

FÁTIMA	Zahara, señora mía,
dígote que me ha admirado
mirar en lo que ha parado
tu altivez y fantasía.	120
	Ver, por cierto, es gentil cosa,
y digna de ser notada,
de un cristiano enamorada
una mora tan hermosa.
	Y lo que más llega al cabo	125
tu afición tan sin medida,
es mirarte estar rendida
a un cristiano que es tu esclavo.
	¡Y monta que corresponde
el perro a lo que le quieres!	130
Perdóname; frágil eres.

ZAHARA	¿Dónde vas?

FÁTIMA	Bien sé yo adonde.

ZAHARA	Dulce amiga verdadera,
lo que dices no lo niego;
mas ¿qué haré?, que amor es fuego	135
y mi voluntad es cera.
	Y, puesto que el daño veo
y el fin do habré de parar,
imposible es contrastar
las fuerzas de mi deseo.	140
	Vuelve tu lengua e intento
a combatir esta roca,
que no será gloria poca
gozar de su vencimiento.

FÁTIMA	Quiero en esto complacerte,	145
pues al fin puedes mandarme.
Cristiano, vuelve a mirarme,
que no es mi rostro de muerte.

AURELIO   Más que muerte me causáis
con vuestros inducimientos.   150
Dejadme con mis tormentos,
porque en vano trabajáis.

-fol. 2r-

FÁTIMA   ¿No ves cómo se retira
el perro en su pundonor?
Ansí entiende él del amor   155
como el asno de la lira.

AURELIO   ¿Cómo queréis que yo entienda
de amor en esta cadena?

ZAHARA   Eso no te cause pena,
que luego se hará la enmienda: 160
    las dos te la quitaremos.

AURELIO   Muy mejor será dejalla;
que no quiero con quitalla,
pasar de un estremo a estremos.

ZAHARA   ¿A qué estremos pasarás?   165

AURELIO   Quitando al cuerpo este hierro,
cairé en otro mayor hierro,
que al alma fatigue más.

FÁTIMA   ¿Almas tenéis los cristianos?

AURELIO   Sí, y tan ricas y estremadas   170
cuanto por Dios rescatadas.

FÁTIMA   ¡Que son pensamientos vanos!
    Pero si almas tenéis,
de diamante es su valor,
pues en la fragua de amor   175
muy más os endurecéis.
    Aurelio, ¡resulución!
Ten cuenta en lo que te digo:

no quieras ser tan amigo
de tu obstinada opinión.										180
	Ya te ves sin libertad,
entre hierros apretado,
pobre, desnudo, cansado,
lleno de necesidad,
	subjeto a mil desventuras,						185
a palos, a bofetones,
a mazmorras, a prisiones,
donde estás contino a escuras.
	Libertad se te promete;
los hierros se quitarán,								190
y después te vestirán.
No hay temor de escuro brete.
	Cuzcuz, pan blanco a comer,
gallinas en abundancia,
y aun habrá vino de Francia							195
si vino quieres beber.
	No te pido lo imposible,
ni trabajos demasiados,
sino blandos, regalados,
dulces lo más que es posible.							200
	Goza de la coyuntura
que se te ríe delante;
no hagas del ignorante,
pues muestras tener cordura.
	Mira tu señora Zahara								205
y lo mucho que merece:
mira que al sol escurece
la luz de su rostro clara.
	Contempla su juventud,
su riqueza, nombre y fama;							210
mira bien que agora llama
a tu puerta la salud.
	Considera el interés

que en hacer esto te toca,
que hay mil que pondrían la boca
donde tú pondrás los pies.

AURELIO   ¿Has dicho, Fátima?

FÁTIMA   Sí.

AURELIO   ¿Quieres que responda yo?

FÁTIMA   Responde.

AURELIO   Digo que no.

ZAHARA   ¡Ay, Alá! ¿Qué es lo que oí?

AURELIO   Yo digo que no conviene
pedirme lo que pedís,
porque muy poco advertís
el peligro que contiene.

FÁTIMA   ¿Qué peligro puede haber,
quiriéndolo tu señora?

AURELIO   La ofensa que, siendo mora,
a Mahoma viene a hacer.

ZAHARA   ¡Déjame a mí con Mahoma,
que agora no es mi señor,
porque soy sierva de Amor,
que el alma subjeta y doma!
¡Echa ya el pecho por tierra
y levantarte he a mi cielo!

AURELIO   Señora, tengo un recelo
que me consume y atierra.

FÁTIMA   ¿De qué te recelas? Di.

AURELIO   Señora, de que no veo
ningún camino o rodeo

como complacerte a ti. 240
    En mi ley no se recibe
hacer yo lo que me ordenas;
antes, con muy graves penas
y amenazas lo prohíbe;
    y aun si batismo tuvieras, 245
siendo, como eres, casada,
fuera cosa harto escusada
si tal cosa me pidieras.
    Por eso yo determino
antes morir que hacer 250
lo que pide tu querer,
y en esto estaré contino.

ZAHARA   Aurelio, ¿estás en tu seso?

AURELIO   Y aun por estar tan en él
soy para vos tan cruel. 255

ZAHARA   ¡Ay, desdichado suceso!
    ¿Que es posible que tan poco
valgan mis ruegos contigo?

FÁTIMA   Sin duda que este enemigo
es muy cuerdo, o es muy loco. 260
    ¡Perro! ¿Tanta fantasía?
¿Pensáis que hablamos de veras?
¡Antes de mal rayo mueras
primero que pase el día!
    ¡Ruin sin razón ni compás, 265
nacido de vil canalla!
¿Pensábades ya triunfalla,
perrazo, sin más ni más?
    Comigo las has de haber,
y de modo que te aviso 270
que dirá el que nunca quiso:
«¡Más le valiera querer!»

No estés, Zahara, descontenta,
deja el remedio en mi mano,
que a este perro cristiano   275
yo le haré que se arrepienta.

ZAHARA   No es bien que por mal se lleve.

FÁTIMA   Ni aun bien llevado por bien.

ZAHARA   Cese, Aurelio, tu desdén.

FÁTIMA   Con eso el perro se atreve.   280
   Ven, señora, al aposento;
que, en esta pena crecida,
o yo perderé la vida,
o tú ternás tu contento.

(Sálense las dos y queda AURELIO solo.)

AURELIO   ¡Padre del cielo, en cuya fuerte diestra   285
está el gobierno de la tierra y cielo,
cuyo poder acá y allá se muestra
con amoroso, justo y sancto celo,
Si tu luz, si tu mano no me adiestra
a salir deste caos, temo y recelo   290
que, como el cuerpo está en prisión esquiva,
también el alma ha de quedar cautiva!
   En Vos, Virgen Santísima María,
[entr]e Dios y los hombres medianera,
de mi mar incïerto cierta guía,   295
virgen entre las vírgenes primera;
en Vos, Virgen y Madre, en Vos confía
mi alma, que sin Vos en nadie espera,
que la habéis de guiar con vuestra lumbre
deste hondo valle a la más alta cumbre.   300
   Bien sé que no merezco que se acuerde

vuestra eterna memoria de mi daño,
porque tengo en el alma fresco y verde
el dulce fructo del amor estraño;
mas vuestra alta clemencia, que no pierde   305
ocasión de hacer bien, mi mal tamaño
remedie, que ya estoy casi perdido,
de Scila y de Caribdis combatido.
    Si el cuerpo esclavo está, está libre el alma,
puesto que Silvia tiene parte en ella,   310
y la amorosa trunfadora palma
ha de llevar sola mi Silvia della.
Ponga Zahara su amor, póngale en calma,
que mi firmeza no hay pensar rompella,
y aquello que a mi Dios y a Silvia debo,   315
me hace que aun mirarla no me atrevo.

-fol. 3r-

    ¿Dó estás, Silvia hermosa? ¿Qué destino,
qué fuerza insana de implacable hado
el curso de aquel próspero camino
tan sin causa y razón nos ha cortado?   320
¡Oh estrella, oh suerte, oh fortuna, oh signo!,
si alguno de vosotros ha causado
tamaña perdición, desde aquí digo
que mil cuentos de veces le maldigo.
    Yo moriré por lo que al alma toca,   325
antes que hacer lo que mi ama quiere;
firme he de estar cual bien fundada roca
que en torno el viento, el mar combate y hiere.
Que sea mi vida mucha, o que sea poca,
importa poco; sólo el que bien muere   330
puede decir que tiene larga vida,
y el que mal, una muerte sin medida.

(Éntrase AURELIO, y sale SAYAVEDRA, soldado cativo; LEONARDO,

cativo, y SEBASTIÁN, **muchacho cativo, a su tiempo.)**

SAYAVEDRA   En la veloz carrera, apresuradas
las horas del ligero tiempo veo,
contra mí con el cielo conjuradas.   335
   Queda atrás la esperanza, y no el deseo,
y así la vida dél, la muerte della,
el daño, el mal aunmentan que poseo.
   ¡Ay dura, inicua, inexorable estrella,
cómo de los cabellos me has traído   340
al terrible dolor que me atropella!

LEONARDO   El llanto en tales tiempos es perdido,
pues si llorando el cielo se ablandara,
ya le hubieran mis lágrimas movido.
   A la triste fortuna alegre cara   345
debe mostrar el pecho generoso:
que a cualquier mal, buen ánimo repara.

SAYAVEDRA   El cuello enflaquecido al trabajoso
yugo de esclavitud amarga puesto,
bien ves que a cuerpo y alma es peligroso;   350
   y más aquel que tiene prosupuesto
de dejarse morir antes que pase
un punto el modo del vivir honesto.

LEONARDO   Si acaso yo tus obras imitase,
forzoso me sería que al momento   355
en brazos de la hambre me entregase.
   Bien sé que en el cativo no hay contento;
mas no quiero cre[c]er yo mi fatiga,
tiniendo en ella siempre el pensamiento.
   A mi patrona tengo por amiga;   360
trátame cual me ves: huelgo y paseo;
«cautivo soy», el que quisiere diga.

SAYAVEDRA   Triunfa, Leonardo, y goza ese trofeo;

que, si por ser cautivo le hermoseas,
yo sé que es torpe, desgraciado y feo.   365

LEONARDO   Amigo Sayavedra, si te arreas
de ser predicador, ésta no es tierra
do alcanzarás el fructo que deseas.
     Déjate deso y escucha de la guerra
que el gran Filipo hace nueva cierta,   370
y un poco la pasión de ti destierra.
     Dicen que una fragata de Biserta
llegó esta noche allí con un cativo
que ha dado vida a mi esperanza muerta.
     Quitóle libertad el hado esquivo,   375
de Málaga pasando a Barcelona;
cativóle Mamí, cosario esquivo.
     En su manera muestra ser persona
de calidad, y que es ejercitado
en el duro ejercicio de Belona.   380
     Dice el número cierto que ha pasado
de soldados a España forasteros,
sin los tres tercios nuestros que han bajado;
     los príncipes, señores, caballeros,
que a servir a Filipo van de gana;   385
los naturales y los estranjeros,
     y la muestra hermosísima lozana
que en Badajoz hacer el rey pretende
de la pujanza de la Unión Cristiana.
     Dice con esto que ninguno entiende   390
el disinio del rey, y el hablar desto,
al grande y al pequeño se defiende.

SAYAVEDRA   Rompeos ya, cielos, y llovednos presto
el librador de nuestra amarga guerra
si ya en el suelo no le tenéis puesto.   395
     Cuando llegué cativo y vi esta tierra
tan nombrada en el mundo, que en su seno

tantos piratas cubre, acoge y cierra,

    no pude al llanto detener el freno,
que, a pesar mío, sin saber lo que era,   400
me vi el marchito rostro de agua lleno.
    Ofrecióse a mis ojos la ribera
y el monte donde el grande Carlo tuvo
levantada en el aire su bandera,
    y el mar que tanto esfuerzo no sostuvo,   405
pues, movido de envidia de su gloria,
airado entonces más que nunca estuvo.
    Estas cosas volviendo en mi memoria,
las lágrimas trujeran a los ojos,
forzados de desgracia tan notoria.   410
    Pero si el alto Cielo en darme enojos
no está con mi ventura conjurado,
y aquí no lleva muerte mis despojos,
    cuando me vea en más seguro estado,
o si la suerte o si el favor me ayuda   415
a verme ante Filipo arrodillado,
    mi lengua balbuciente y casi muda
pienso mover en la real presencia,
de adulación y de mentir desnuda,
    diciendo: «Alto señor, cuya potencia   420
sujetas trae las bárbaras naciones
al desabrido yugo de obediencia:
    a quien los negros indios con sus dones
reconocen honesto vasallaje,
trayendo el oro acá de sus rincones;   425
    despierte en tu real pecho coraje
la desvergüenza con que una bicoca
aspira de contino a hacerte ultraje.
    Su gente es mucha, mas su fuerza es poca,
desnuda, mal armada, que no tiene   430
en su defensa fuerte muro o roca.

Cada uno mira si tu Armada viene,
para dar a los pies el cargo y cura
de conservar la vida que sostiene.
	De la esquiva prisión, amarga y dura,	435
adonde mueren quince mil cristianos,
tienes la llave de su cerradura.
	Todos, cual yo, de allá, puestas las manos,
las rodillas por tierra, sollozando,
cerrados de tormentos inhumanos,	440
	poderoso señor, t'están rogando
vuelvas los ojos de misericordia
a los suyos, que están siempre llorando;
	y, pues te deja agora la discordia
que tanto te ha oprimido y fatigado,	445
y Amor en darte sigue la concordia,
	haz, ¡oh buen rey!, que sea por ti acabado
lo que con tanta audacia y valor tanto
fue por tu amado padre comenzado.
	El sólo ver que vas pondrá un espan[to]	450
en la bárbara gente, que adivino
ya desde aquí su pérdida y quebranto».
	¿Quién duda que el real pecho begnino
no se muestre, oyendo la tristeza
donde están estos míseros contino?	455
	Mas, ¡ay, cómo se muestra la bajeza
de mi tan rudo ingenio, pues pretende
hablar tan bajo ante tan alta alteza!
	Mas la ocasión es tal, que me defiende.
Pero a todo silencio poner quiero,	460
que creo que mi plática te ofende,
y al trabajo he de ir adonde muero.

(Aquí entra SEBASTIÁN, muchacho, en hábito de esclavo.)

SEBASTIÁN	¿Hase visto tal maldad?	
	¿Hay tierra tan sin concordia,	
	do falta misericordia	465
	y sobra la crueldad?	
	¿Dónde se halla[rá] disculpa	
	de maldad tan insolente:	
	que pague el que es inocente	
	por el que tiene la culpa?	470
	¡Oh cielos! ¿Qué es lo que he visto?	
	¡Éste sí que es pueblo injusto,	
	donde se tiene por gusto	
	matar los siervos de Cristo!	
	¡Oh España, patria querida!,	475
	mira cuál es nuestra suerte,	
	que si allá das justa muerte,	
	quitas acá justa vida.	
LEONARDO	Sebastián, dinos qué tienes,	
	que hablas razones tales.	480
SEBASTIÁN	Una infinidad de males	
	y una penuria de bienes.	

-fol. 4r-

LEONARDO	En ser, como eres, esclavo	
	se encierra todo dolor.	
SEBASTIÁN	Otra pena muy mayor	485
	me tiene a mí tan al cabo.	
SAYAVEDRA	¿De dónde puede causarse	
	la pena que dices brava?	
SEBASTIÁN	De una vida que hoy se acaba	
	para jamás acabarse.	490
	«Ya sabés que aquí en Argel	
	se supo cómo en Valencia	
	murió por justa sentencia	

un morisco de Sargel;
    digo que en Sargel vivía,   495
puesto que era de Aragón,
y, al olor de su nación,
pasó el perro en Berbería;
    y aquí cosario se hizo,
con tan prestas crueles manos,   500
que con sangre de cristianos
la suya bien satisfizo.
    Andando en corso fue preso,
y, como fue conocido,
fue en la Inquisición metido,   505
do le formaron proceso;
    y allí se le averiguó
cómo, siendo batizado,
de Cristo había renegado
y en África se pasó,   510
    y que, por su industria y manos,
traidores tratos esquivos,
habían sido cautivos
más de seiscientos cristianos;
    y, como se le probaron   515
tantas maldades y errores,
los justos inquisidores
al fuego le condenaron.
    Súpose del moro acá,
y la muerte que le dieron,   520
porque luego la escribieron
los moriscos que hay allá.
    La triste nueva sabida
de los parientes del muerto,
juran y hacen concierto   525
de dar al fuego otra vida.
    Buscaron luego un cristiano
para pagar este escote,

y halláronle sacerdote,
y de nación valenciano.						530
    Prendieron éste a gran priesa
para ejecutar su hecho,
porque vieron que en el pecho
traía la cruz de Montesa,
    y esta señal de victoria						535
que le cupo en buena suerte,
si le dio en el suelo muerte,
en el cielo le dio gloria;
    porque estos ciegos sin luz,
que en él tal señal han visto,						540
pensando matar a Cristo,
matan al que trae su cruz.
    De su amo lo compraron,
y, aunque eran pobres, a un punto
el dinero todo junto						545
de limosna lo allegaron.
    En nuestro pueblo cristiano,
por Dios se pide a la gente,
para sanar al doliente,
no para matar al sano;						550
    mas entre esta descreída
gente y maldito lugar,
no piden para sanar,
mas para quitar la vida.
    Hoy en poder de sayones						555
he visto al siervo de Dios,
no sólo puesto entre dos,
sino entre dos mil sayones.
    Iba el sacerdote justo
entre injusta gente puesto,						560
marchito y humilde el gesto,
a morir por Dios con gusto.
    En darle penas dobladas

todo el pueblo se desvela:
cual sus blancas canas pela,   565
cual le da mil bofetadas.

  Las manos que a Dios tuvieron
mil veces, hoy son tenidas
de dos sogas retorcidas
con que atrás se las asieron;   570
  al yugo de otro cordel,
puesto el cuello humilde lleva,
haciendo seis moros prueba
cuánto pueden tirar dél.
  A ningún lado miraba   575
que descubra un solo amigo:
que todo el pueblo enemigo
en torno le rodeaba.
  Con voluntad tan dañada
procuran su pena y lloro,   580
que se tuvo por mal moro
quien no le dio bofetada.
  A la marina llegaron
con la víctima inocente,
do con barbaria insolente   585
a un áncora le ligaron.
  Dos áncoras a una mano
vi yo allí en contrario celo:
una, de hierro, en el suelo;
otra, de fe, en el cristiano.   590
  Y, la una a la otra asida,
la de hierro se convierte
a dar cruda y presta muerte;
la de fe, a dar larga vida.
  Ved si es bien contrario el celo   595
de las dos en esta guerra:
la una en el süelo afierra;

la otra se ase del cielo;
  y, aunque corra tal fortuna
que espante al cuerpo y al alma,   600
como si estuviera en calma,
no hay desasirse la una.
  Sin hierro al hierro ligado,
el siervo de Dios se hallaba,
y en su cuerpo atado estaba   605
espíritu desatado.
  El cuerpo no se rodea,
que le ata más de un cordel;
mas el espíritu dél
todos los cielos pasea.   610
  La canalla, que se enseña
a hacer nueva crueldad,
trujo luego cantidad
de seca y humosa leña,
  y una espaciosa corona   615
hicieron luego con ella,
dejando encerrada en ella
la sancta humilde persona;
  y, aunque no tienen sosiego
hasta verle ya espirar,   620
para más le atormentar,
encienden lejos el fuego.
  Quieren, como el cocinero
que a su oficio más mirase,
que se ase y no se abrase   625
la carne de aquel cordero.
  Sube el humo al aire vano,
y a veces le da en los ojos;
quema el fuego los despojos
que le vienen más a mano;   630
  vase arrugando el vestido
con el calor violento,

y el fuego, poco contento,
busca lo más escondido.

    Esperad, simple cordero,   635
que esta ardiente llama insana,
si os ha quemado la lana,
os quiere abrasar el cuero.

    Combátenle fuegos dos:
el uno, humano y visible;   640
el otro, sancto invisible,
que es fuego de amor de Dios.

    Yo no sé a cuál más debía,
puesto que a los dos pagaba:
al que el cuerpo le abrasaba   645
o al que el alma le encendía.

    Los que estaban a miralle,
la ira ansí les pervierte,
que mueren por darle muerte
y entretiénense en matalle.   650

    Y, en medio deste tormento,
no movió el sancto varón
la lengua a formar razón
que fuese de sentimiento;

-fol. 5r-

    antes dicen, y yo he visto,   655
que, si alguna vez hablaba,
en el aire resonaba
el eco o nombre de Cristo;

    y cuando en el agonía
última el triste se vio,   660
cinco o seis veces llamó
la Virgen Sancta María.

    Al fuego el aire le atiza,
y con tal ardor revuelve,
que poco a poco resuelve   665
el sancto cuerpo en ceniza.

Mas, ya que morir le vieron,
tantas piedras le tiraron,
que las piedras acabaron
lo que las llamas no hicieron.   670
    ¡Oh Santisteban segundo,
que me asegura tu celo
que miraste abierto el cielo
en tu muerte desde el mundo!
    Queda el cuerpo en la marina,   675
quemado y apedreado;
el alma el vuelo ha tomado
hacia la región divina.
    Queda el moro muy gozoso
del injusto y crudo hecho;   680
el turco está satisfecho;
el cristiano, temeroso.»
    Yo he venido a referiros
lo que no pudistes ver,
si os lo ha dejado entender   685
mis lágrimas y suspiros.

SAYAVEDRA   Deja el llanto, amigo, ya;
que no es bien que se haga duelo
por los que se van al cielo,
sino por quien queda acá: 690
    que, aunque parece ofendida
a humanos ojos su suerte,
el acabar con tal muerte
es comenzar mejor vida.
    Mide por otro nivel   695
tu llanto, que no hay paciencia
que las muertes de Valencia
se venguen acá en Argel.
    Muéstrase allá la justicia
en castigar la maldad;   700
muestra acá la crueldad

cuánto puede la injusticia.

SEBASTIÁN   En tan amarga querella,
¿quién detendrá los gemidos?
Ellos con culpa punidos;   705
nosotros, muertos sin ella.

LEONARDO   Bastábanos ser cautivos,
sin temer más desconciertos,
pues si allá queman los muertos,
abrasan acá los vivos.   710
    Usa Valencia otros modos
en castigar renegados,
no en público sentenciados:
¡mueran a tósico todos!
    Mas un moro viene acá: 715
no estemos juntos aquí;
Sayavedra, por allí,
tú, Sebastián, por allá.

YZUF **y** AURELIO.

YZUF   Trecientos escudos di,
Aurelio, por la doncella.
Esto di al turco, que a ella
alma y vida le rendí;
y es poco, según es bella.   5
   Vendiómela de aburrido,
que dice que no ha podido,
mientras la tuvo en poder,
en ningún modo atraer
al amoroso partido.   10
   Púsela en casa de un moro,
sin osarla traer acá,
y allí está donde ella está
todo mi bien y tesoro,
y la gloria que amor da.   15
   Allí se ve la bondad
junto con la crueldad
mayor que se vio en la tierra;
y juntas, sin hacer guerra,
belleza y honestidad.   20

   No pueden prometimientos
ablandar su duro pecho.
Veme en lágrimas deshecho,
y ofrece siempre a los vientos
cuantos servicios la he hecho.   25
   No echa de ver su ventura,
ni cómo el dolor me apura
poco a poco sospirando;
antes, cuando yo más blando,

entonces ella más dura. 30
　　A casa quiero traella
y reclinar en tu mano
mi gozo más soberano:
quizá tú podrás movella,
siendo, como ella, cristiano; 35
　　y desde aquí te prometo
que, si conduces a efecto
mi amorosa voluntad,
de darte la libertad
y serte amigo perfecto. 40

AURELIO 　　En todo lo que quisieres,
he, señor, de complacerte,
por ser tu esclavo y por verte
que melindres de mujeres
te tengan de aquesa suerte. 45
　　¿De qué nación es la dama
que te enciende en esa llama
sin mirar a su interés?

YZUF Española dicen que es.

AURELIO ¿Y el nombre?

YZUF Silvia se llama. 50

AURELIO 　　¿Silvia? Una Silvia venía
adonde yo cautivé,
y, según que la miré,
no en tanto allá se tenía.

YZUF Ésa es: yo la compré. 55

AURELIO 　　Si ella es, yo sé decir
que es hermosa sin mentir,
y que no es tan cruda altiva,
que su condición esquiva
a ninguno hace morir. 60

Traéla a casa, señor, luego,
y ten las riendas al miedo;
y tú verás, si yo puedo,
cómo a mis manos y ruego
amaina el casto denuedo.   65

YZUF   Yo voy; y, mientras se ordena
su venida, por estrena
del contento que me has dado,
yo diré a mi renegado
que te quite esa cadena.   70

(Vase YZUF y queda AURELIO solo.)

AURELIO   ¿Qué es esto, cielos? ¿Qué he oído?
¿Es mi Silvia? Silvia es, cierto.
¿Es posible, oh hado incierto,
que he de ver quien me ha tenido
vivo en muerte, en vida muerto?   75
Ésta es mi Silvia, a quien llamo,
a quien quiero y a quien amo
más que a todo lo del suelo.
¡Gracias hago y doy al cielo,
que a los dos ha dado un amo!   80
Tregua tendrán mis enojos
entre tanta desventura,
pues, por estraña ventura,
vendrán a mirar mis ojos
tu sin igual hermosura.   85
Y si della está rendido
mi amo, está conocido
que quien la supo mirar
es imposible escapar
de preso o de malherido.   90

Y, pues que con tales bríos
él descubre sus amores,
si nos vemos, sus dolores
se callarán y los míos
te diré, que son mayores.   95

     Y, mientras pudiere ver
tu hermosura y gentil ser,
templaré mi desconsuelo,
hasta que disponga el cielo
de entrambos lo que ha de ser.   100

(Vase AURELIO, **y entran mercaderes moros, primero y segundo; y padre y madre y dos hijos cautivos. -fol. 6r- Un pregonero;** MAMÍ, **soldado cosario.)**

MERCADER   En fin, Aydar, ¿que en Cerdeña
[1.º]   habéis hecho la galima?

MAMÍ   Sí; y aun no de poca estima,
              según se vio en la reseña.

[MERCADER]   Dícennos que os dieron caza   105
2.º   de Nápoles las galeras.

MAMÍ   Sí dieron, mas no de veras,
              que el peso las embaraza.
                 El ladrón que va a hurtar,
              para no dar en el lazo,   110
              ha de ir muy sin embarazo
              para huir, para alcanzar.
                 Las galeras de cristianos,
              sabed, si no lo sabéis,
              que tienen falta de pies   115
              y que no les sobran manos;
                 y esto lo causa que van

             tan llenas de mercancías,
             que, si bogasen dos días,
             un pontón no tomarán.   120
                 Nosotros, a la ligera,
             listos, vivos como el fuego,
             y, en dándonos caza, luego
             pico al viento y ropa fuera,
                 las obras muertas abajo,   125
             árbol y entena en crujía,
             y así hacemos nuestra vía
             contra el viento sin trabajo;
                 y el soldado más lucido,
             el más flaco y más membrudo,   130
             luego se muestra desnudo
             y del bogavante asido.
                 Pero allá tiene la honra
             el cristiano en tal estremo,
             que asir en un trance el remo   135
             le parece que es deshonra;
                 y, mientras ellos allá
             en sus trece están honrados,
             nosotros, dellos cargados,
             venimos sin honra acá.   140

MERCADER 1.º   Esa honra y ese engaño
             nunca salga de su pecho,
             pues nuestro mayor provech[o]
             nace de su propio daño.
                 Un mozo de poca edad   145
             destos sardos comprar quiero.

MAMÍ   Ya los trae el pregonero
             vendiendo por la ciudad.

[MERCADER]
2.º   ¿Hay españoles entre ellos?

MAMÍ   Sí hay; que también tomamos   150

una nave, y allí hallamos
hasta viente y cuatro dellos.

**(Entra el pregonero, con el padre y la madre y los dos muchachos y
un n[i]ño de teta a los pechos.)**

PREGONERO ¿Hay quien compre los perritos,
y el viejo, que es el perrazo,
y la vieja y su embarazo? 155
Pues, ¡a fe que son bonitos!
  Déste me dan ciento y dos;
déste docientos me dan;
pero no los llevarán.
¡Pasá acá, perrazo, vos! 160

HIJO ¿Qué es esto, madre? ¿Por dicha
véndennos aquestos moros?

MADRE Sí, hijo; que sus tesoros
los crece nuestra desdicha.

PREGONERO ¿Hay quien a comprar acierte 165
el niño y la madre junto?

MADRE ¡Oh amargo y terrible punto,
más terrible que la muerte!

PADRE ¡Sosegad, señora, el pecho;
que si mi Dios ha ordenado 170
ponernos en este estado,
Él sabe por qué lo ha hecho!

MADRE Destos hijos tengo pena,
que no sé por dónde han de ir.

PADRE Dejad, señora, cumplir 175
lo que el alto cielo ordena.

[MERCADER]
1.º   ¿Qué han de dar déste, decí?

PREGONERO   Ciento y dos escudos dan.

MERCADER
[2.º]   ¿Por ciento y diez darlo han?

PREGONERO   No, si no pasáis de ahí.   180

MERCADER
[2.º]   ¿Está sano?

PREGONERO   Sano está.

MERCADER
[2.º]   **[Ábrele la boca.]**
Abre; no tengas temor.

HIJO   ¡No me la saque, señor;
que ella mi[sma se cairá]!

MERCADER
[2.º]   ¿Piensa que sacalle quiero   185
el rapaz alguna muela?

HIJO   ¡Paso, señor, no me duela;
tenga, quedo, que me muero!

MERCADER 2.º   Destotro, ¿cuánto dan dél?

PREGONERO   Docientos escudos dan.   190

[MERCADER]
2.º   ¿Y por cuánto le darán?

PREGONERO   Trecientos piden por él.

[MERCADER]
1.º   Si te compro, ¿serás bueno?

HIJO   Aunque vos no me compréis,
seré bueno.

[MERCADER]
2.º   ¿Serlo heis?   195

HIJO   Ya lo soy, sin ser ajeno.

MERCADER 1.º   Por éste doy ciento y treinta.

PREGONERO   Vuestro es: venga el dinero.

[MERCADER]
1.º   En casa dároslo quiero.

MADRE   El corazón me revienta.   200

[MERCADER]
1.º   Comprad, compañero, esotro.
Ven, niño, vente a holgar.

HIJO   No, señor; no he de dejar
mi madre por ir con otro.

MADRE   Ve, hijo, que ya no eres   205
sino del que te ha comprado.

HIJO   ¡Ay, madre! ¿Habéisme dejado?

MADRE   ¡Ay, cielo, cuán crudo eres!

MORO   Anda, rapaz, ven conmigo.

HIJO   Vámonos juntos, hermano.   210

HERMANO   No puedo, ni está en mi mano.

PADRE   El cielo vaya contigo.

MADRE   ¡Oh, mi bien y mi alegría,
no se olvide de ti Dios!

HIJO   ¿Dónde me llevan sin vos,   215
padre mío y madre mía?

MADRE   ¿Quïeres que hable, señor,
a mi hijo aun no un momento?
Dame este breve contento,
pues es eterno el dolor.   220

MORO   Cuanto quisieres le di,
pues será la vez postrera.

MADRE   Sí, pues ésta es la primera

que en este trance me vi.

[HI]JO   Tenedme con vos aquí,   225
madre, que voy no sé dónde.

[MADRE]   La ventura se te asconde,
[hi]jo, pues yo te pa[rí].
     Hase escurecido el cielo,
turbado los elementos,   230
conjurado mar y vientos
todos en tu desconsuelo
     No conoces tu desdicha,
aunque estás bien dentro della,
puesto que el no conocella   235
lo puedes tener a dicha.
     Lo que te ruego, alma mía,
pues el verte se me impide,
es que nunca se te olvide
rezar el Avemaría;   240
     que esta reina de bondad,
de virtud y gracia llena,
ha de limar tu cadena
y volver tu libertad.

MORO   ¡Mirad la perra cristiana   245
qué consejo da al muchacho!
¡Sí que no estaba él borracho
como tú, sin seso, vana!

HIJO   Madre, al fin, ¿que no me quedo?
¿[Qu]e me llevan estos moros?   250

MADRE   Contigo van mis tesoros.

HIJO   A fe que me ponen miedo.

MADRE   Más miedo me queda a mí
de verte ir donde vas,
que nunca te acordarás   255

de Dios, de ti, ni de mí;
  porque esos tus tiernos años,
¿qué prometen sino [aqu]esto,
entre inicua gente puesto,
fabricadora de engaños?   260

PREGONERO   ¡Calla, vieja y mala pieza,
si no quieres, por más mengua,
que lo que dice tu lengua
que lo pague la cabeza!
      ¿Destotro hay quien me dé mas?   265
Que es mas bello y más lozano
que no es el otro su hermano.

MERCADER 2.º   ¡Sus!, ¿en cuánto le darás?

PREGONERO   ¿No os he dicho que trecientos
escudos de oro por cuenta?   270

[MERCADER]
2.º   ¿Quies docientos y cincuenta?

PREGONERO   [Es] dar voces a los vientos.

-fol. 7r-

[MERCADER]
2.º   Enamorado me ha
el donaire del garzón;
yo los doy en conclusión.   275

PREGONERO   Dinero o señal me da.

[MERCADER]
2.º   Cómo te llamas me di.

HIJO   Señor, Francisco me llamo.

[MERCADER]   Pues que has mudado de amo,
2.º   muda el Francisco en Mamí.   280

HIJO   ¿Para qué es mudar el nombre,
si no ha de mudar la fe?

| [MERCADER] 2.º | Eso agora no lo sé. | |

| HIJO | No hay castigo que me asombre. | |

| [MERCADER] 2.º | Alto, venidos tras mí. | 285 |

| HIJO | ¡Amados padres, adiós! | |

| PADRE | ¡El mesmo vaya con vos! | |

| MADRE | ¡Francisco! | |

| [MERCADER] 2.º | No, no: Mamí. | |

| HIJO | Eso no, señor patrón:
Francisco me has de llamar. | 290 |

| [MERCADER] 2.º | El palo os hará trocar
el nombre y aun la intención. | |

| HIJO | Pues me aparta el hado insano
de vos, señor, ¿qué mandáis? | |

| PADRE | Sólo, hijo, que viváis
como bueno y fiel cristiano. | 295 |

| MADRE | Hijo, no las amenazas,
no los gustos y regalos,
no los azotes y palos,
no los conciertos y trazas,
no todo cuanto tesoro
cubre el suelo, el cielo visto,
te mueva a dejar a Cristo
por seguir al pueblo moro. | 300 |

| HIJO | En mí se verá, si puedo,
y mi buen Jesús me ayuda,
cómo en mi alma no muda
la fe, la promesa o miedo. | 305 |

PREGONERO   ¡Oh, qué cristiano se muestra
                el rapaz! Pues ¡yo os prometo   310
                que alcéis con sancto aprïeto
                la flecha y la mano diestra!
                   Estos rapaces cristianos,
                al principio muchos lloros,
                y luego se hacen moros   315
                mejor que los más ancianos.

(Sálense, y entran YZUF **y** SILVIA.**)**

YZUF   Dejad, Silvia, el llanto agora;
                poned tregua al ansia brava,
                que no os compré para esclava,
                sino para ser señora.   320
                   Mirad que imagino y creo
                que vuestra gran desventura,
                para daros más ventura
                ha traído este rodeo.
                   Con vos Fortuna en su ley   325
                no usa de nuevas leyes:
                que esclavos se han visto reyes,
                aunque vos sois más que rey.
                   Limpiad los húmedos ojos,
                que sujectan cuanto miran,   330
                y, al tiempo que se retiran,
                llevan de almas los despojos;
                   y no cubra el blanco velo
                esa divina hermosura,
                que es como la nieve pura,   335
                que impide la luz del cielo.

SILVIA   Esme ya tan natural,
                señor, el llanto y tormento,

que, si me deja un momento,
lo tengo por mayor mal;   340
    y, aunque así estoy, estaré
alegre al obedeceros,
pues distes tantos dineros
por mí sin saber por qué;
    que, si acaso lo habéis hecho   345
pensando sacar de mí
gran rescate, desde aquí
se apoca vuestro provecho;
    porque os prometo, señor,
que de miseria y pobreza   350
tengo cuanto de riqueza,
si la riqueza es dolor;
    y de dolor soy tan rica,
cuanto, por darme pasión,
este caudal la ocasión   355
por puntos le multiplica.

YZUF   Silvia, vives engañada:
que yo no quiero de ti

sino que quieras de mí
ser servida y respectada;   360
    que el provecho que yo espero,
Silvia, de haberte comprado,
es ver tu rostro estremado
y no doblar el dinero;
    que el Amor, que se mejora   365
en mostrar su fuerza brava,
me ha hecho esclavo de mi esclava,
esclava que es mi señora;
    y quedo tan satisfecho
de perder la libertad,   370
que alabo la crueldad
deste crudo y nuevo hecho.

Y, porque lo que aquí digo
lo entiendas, Silvia, mejor,
nunca me llames señor,   375
sino siervo o caro amigo.

SILVIA   Aunque tamaña mudanza
hace fortuna en mi estado,
no creo se me ha olvidado
el término de crianza.   380
        Bien sé cómo he de llamarte,
y sé que es de obligación
que en lo que fuera razón
procure de contentarte.

YZUF   Tu habla tan comedida,   385
tu donaire, gracia y ser,
claro me dan a entender
que eres, Silvia, bien nacida;
        y, aunque pudiera esperar
de ti un rescate crecido,   390
a tal término he venido,
que tú me has de rescatar.
        Mas, en tanto que a la clara
veas cuanto hago por ti,
ven, Silvia, vente tras mí: 395
verás a tu ama Zahara.

SILVIA   Vamos, señor, en buen hora.

YZUF   Silvia, no tanto «señor»,
pues mi ventura y amor
os ha hecho a vos mi señora.   400

(Sale ZAHARA.**)**

ZAHARA   Seáis, Yzuf, bien llegado.

¿Cúya es la esclava rumía?

SILVIA   Vuestra soy, señora mía.

YZUF   Verdad es: yo la he comprado.

ZAHARA   Por cierto, la compra es bella   405
            si cual hermosa es honesta.
            Decid, señor, ¿cuánto os cuesta?

YZUF   Dado he mil doblas por ella.

ZAHARA   ¿Espera ser rescatada?

YZUF   De muy rica tiene fama.   410

ZAHARA   ¿Su nombre?

YZUF   Silvia se llama.

ZAHARA   ¿Es doncella o es casada?

SILVIA   Casada soy y doncella.

ZAHARA   ¿Cómo es eso, Silvia? Di.

SILVIA   Señora, ello es ansí,   415
            que ansí lo quiso mi estrella.
              El cielo me dio marido,
            no para que le gozase,
            sino para que quedase
            yo perdida y él perdido.   420

(Aquí entra un moro diciendo:)

MORO   Yzuf, a llamarte envía
            apriesa el rey nuestro, Azán.

YZUF   ¿Dónde está agora?

MORO   En Duán,

metido en grande agonía.
    Amet, jenízar agá,   425
y los bolucos bajíes,
y también los debajíes
y oldajes están allá.
    Hanse juntado a consejo
sobre que es averiguado   430
que el rey de España ha juntado
de guerra grande aparejo.
    Dicen que va a Portugal,
mas témese no sea maña;
y es bien que tema su saña   435
Argel, que le hace más mal.
    En la guerra hay mil ensayos
de fraude y de astucia llenos:
acullá suenan los truenos
y acá disparan los rayos.   440

YZUF   Vamos: quel cielo, que toma
por suya nuestra defensa,

-fol. 8r-

a España hará, con su ofensa,
sujecta y sierva a Mahoma.
    Y vos, señora, ordenad   445
a Silvia lo que ha de hacer;
y vos, Silvia, a su querer
sujetad la voluntad.

(Vanse los dos, y quedan SILVIA y ZAHARA solas.)

ZAHARA   Cristiana, di: ¿de adónde eres?
¿Eres pobre, o eres rica?   450
¿De suerte ensalzada, o chica?
No me lo niegues, si quieres,

porque soy, cual tú, mujer,
y no de entrañas tan duras
que tus tristes desventuras   455
no me hayan de enternecer.

SILVIA	 Señora, soy de Granada,
y de suerte ansí abatida,
cual lo muestra el ser vendida
a cada paso y comprada.   460
    Dicen que fui rica un tiempo,
pero toda mi riqueza
se ha vuelto en mayor pobreza
y ha pasado con el tiempo.

ZAHARA	 ¿Has algún tiempo tenido 465
enamorado deseo?

SILVIA	Al estado en que me veo,
el crudo Amor me ha traído.

ZAHARA	 ¿Fuiste acaso bien querida?

SILVIA	Fuilo; y quise con ventaja 470
tal, que ap[e]na[s la m]ortaja
borrará fe t[an su]bida.

ZAHARA	 ¿Fuiste querida primero,
o empezó el amor de ti?

SILVIA	Primero querida fui 475
del que quise, querré y quiero.

ZAHARA	 ¿Es mozo?

SILVIA	Y aun gentilhombre.

ZAHARA	¿Es cristiano?

SILVIA	Pues ¡qué!, ¿moro?
¡No sale de su decoro
quien ha de cristiano el nombre!   480

ZAHARA	 ¿Y es pecado querer bien
	a un moro?

SILVIA	Yo no sé nada;
	sé que es cosa reprobada,
	y a cristianas no está bien.

ZAHARA	 ¿Y querer mora a cristiano?	485

SILVIA	Eso tú mejor lo entiendes.

ZAHARA	¡Ay, Silvia, cómo me ofendes
	y me lastimas temprano!

SILVIA	 ¿Yo, mi señora? ¿En qué suerte?

ZAHARA	Escucha y te lo diré;	490
	que, en oyéndome, bien sé
	que vendrás de mí a dolerte.
	    «Has de saber, ¡oh Silvia!, que estos días
	partieron deste puerto con buen tiempo
	doce bajeles, de cosarios todos,	495
	y con próspero viento caminaron
	la vuelta de las islas de Cerdeña;
	y allí, en las calas, vueltas y revueltas,
	y puntas que la mar hace y la tierra,
	se fueron a esconder, estando alerta	500
	si algún bajel de Génova o de España,
	o de otra nación, con que no fuese
	francesa, por el mar se descubría.
	En esto, un bravo viento se levanta,
	que maestral se llama, cuya furia	505
	dicen los marineros que es tan fuert[e],
	que las tupidas velas y las jarcias
	del más recio navío y más armado
	no pueden resistirla, y es forzoso
	acudir al abrigo más cercano,	510
	si su rigor acaso lo concede.

Las levanta[da]s ondas, el rüido
del atrevido viento detenía
los cosarios bajeles en las calas,
sin dejarles salir al mar abierto;   515
y en otra parte, con furor insano,
mostrando su braveza fatigaba
una galera de cristiana gente
y de riquezas llena, que, corriendo
por el hinchado mar sin remo alguno,   520
venía a su albedrío, temerosa
de ser sorbida de las bravas ondas;
pero después, a cabo de tres días,
del recio mar y viento contrast[a]d[a],

descubrió tierra, y fue el descubrimiento   525
de su mayor dolor y desventura,
porque a la misma isla de San Pedro
vino a parar, adonde recogido[s]
estaban los bajeles enemigos,
los cuales, de la presa cudiciosos,   530
salen, y de furor bélico armados,
la galera acometen destrozada
y de solos deseos defendida.
Una pelota pasa en el momento
al capitán el pecho, y a su lado   535
del lusitano fuerte, muerto cae
un caballero ilustre valenciano.
El robo, las riquezas, los cativos
que los turcos hallaron en el seno
de la triste galera me ha contado   540
un cristiano que allí perdió la dulce
y amada libertad, para quitarla
a quien quiere rendirse a su rendido.»
Este cristiano, Silvia, este cristiano;
este cristiano es, Silvia, quien me tiene   545

fuera del ser que a moras es debido,
fuera de mi contento y alegría,
fuera de todo gusto, y estoy fuera,
que es lo peor, de todo mi sentido.
Compróle mi marido, y está en casa;   550
y, puesto que con lágrimas y ruegos,
con sospiros, ternezas y con dádivas,
procuro de ablandar su duro pecho,
al mío, que contino es blanda cera,
el suyo se me muestra de diamante;   555
ansí que, Silvia, hermana, como has dicho
que al cristiano no es lícito dé gusto
en cosas del amor a mora alguna,
tus razones me tienen ofendida,
y con aquesas mesmas se defiende   560
Aurelio, a quien ha hecho tan cristiano
el cielo para darme a mí la muerte.

SILVIA   ¿Aurelio dices que por nombre tiene,
                señora, ese cristiano?

ZAHARA   Ansí se llama.

[SILVIA]   La galera que dices, según creo,   565
                se llamaba San Pablo, y era nueva
                y de la sacra religión de Malta.
                Yo en ella me perdí, y aun [ima]gino
                que conozco a ese Aurelio, y es un mozo
                de rostro hermoso y de nación hispan[a]. 570

ZAHARA   Sin duda has acertado, ¡ay, Silvia mía!
                ¿Quién es este enemigo de mi gloria?
                ¿Es caballero, o rústico villano?
                Que todo lo parece en su apostura
                y dura condición: el talle ilustre,   575
                de la ciudad; la condición, del monte.

SILVIA   A mí, pobre escudero me parece,

según en la galera se trataba;
que de su hacienda no sé más, señora.

ZAHARA   Ni yo sé qué te diga, ¡oh Silvia, Silvia!,   580
sino que a tal estremo soy venida,
que le tengo de amar, sea quien se fuere.
Sólo te ruego que procures, Silvia,
de ablandar esta tigre y fiera hircana,
y atraerla con dulces sentimientos   585
a que sienta la pena que padece
esta mísera esclava de su esclavo;
y si esto, Silvia, haces, yo te juro
por todo el Alcorán de buscar modo
cómo con brevedad alegre vuelvas   590
al patrio dulce suelo deseado.

SILVIA   Deja, señora, al cargo a Silvia dello,
que tu verás lo que mi industria hac[e]
por gusto tuyo y por provecho mío.

(AURELIO, **solo.**)

[AURELIO]   ¡Oh sancta edad, por nuestro mal pasada,   595
a quien nuestros antiguos le pusieron
el dulce nombre de la Edad dorada!
    ¡Cuán seguros y libres discurrieron
la redondez del suelo los quen ella
la caduca mortal vida vivieron!   600
    No sonaba en los aires la querella
del mísero cautivo, cuando alzaba
la voz a mal[decir su] dura estrella.
    Entonces libert[ad d]ulce reinaba
y el nombre odioso de la servidumb[r]e   605
en ningunos oídos resonaba.
    Pero, después que sin razón, sin lumbre,

ciegos de la avaricia, los mortales,
cargados de terrena pesadumbre,
    descubrieron los rubi[o]s minerales 610
del oro que en la tierra se escondía,
ocasión principal de nuestros males,
-fol. 9r-
    este que menos oro poseía,
envidioso de aquel que, con más maña,
más riquezas en uno recogía, 615
    sembró la [c]ruda y la mortal cizaña
del robo, de la fraude y del engaño,
del cambio injusto y trato con maraña.
    Mas con ninguno hizo mayor daño
que con la hambrienta, despiadada guerra, 620
que al natural destruye y al estraño.
    Ésta consume, abrasa, y echa por tierra,
los reinos, los imperios populosos,
y la paz hermosísima destierra,
    y sus fieros ministros, codiciosos 625
más del rubio metal que de otra cosa,
turban nuestros contentos y reposos.
    Y, en la sangrienta guerra peligrosa,
pudiendo con el filo de la espada
acabar nuestra vida temerosa, 630
    la guardan de prisiones rod[e]ada,
por ver si prometemos por libralla
nuestra pobre riqueza mal lograda.
    Y así, puede el que es pobre y que se halla
puesto entre esta canalla al daño cierto 635
su libertad a Dios encomendalla,
    o contarse, viviendo, ya por muerto,
como el que en rota nave y mar airado
se halla solo, sin saber dó hay puerto.
    Y no tengo por menos desdichado 640
al que tiene [co]n qué y el modo ignora

[có]mo llegar al punto deseado,
   porque esta gente, do bondad no mora,
no dio jamás palabra que cumpliese,
como falsa, sin ley, sin fe y traidora.   645
   Guardará por su dios al interese,
y do éste no i[nt]erviene, no se espere
que por sol[a vir]tud bondad hiciese.
   Aquí en diverso traje veo que muere
el ministro de Dios, y por su oficio   650
más abatido es, peor se quiere,
   y el mancebo cristiano al torpe vicio
es dedicado desta gente perra,
do consiste su gloria y ejercicio.
   ¡Oh cielo santo! ¡Oh dulce, amada tierra!   655
¡Oh Silvia! ¡Oh gloria de mi pensamiento!
¿Quién de tu alegre vista me destierra?
   Pero, si no me engaño, pasos siento.
Yzuf, mi amo, es éste que aquí viene.
¡Cuán ajeno de sí le trae el tormento!   660

YZUF   Quien con amor amargo se entretiene,
y al duro yugo de su servidumbre
el flaco cuello ya inclinado tiene,
   si del cielo no viene nueva lumbre
que aquella ceguedad de los sentidos   665
con claros rayos de razón alumbre,
   todos estos remedios son perdidos;
que al fin irán por tierra derribados
los amigos consejos más sabidos.
   Más viejos y más pláticos soldados   670
tiene el rey a su mando y su servicio;
déjeme a mí, que tengo otros cuidados;
   mejor será que el trabajoso oficio
de reparar los fosos y muralla
entregue al que de Amor aún es novic[io];   675
   que yo más cruda y más fiera batalla

espero a cada paso, ¡ay suerte dura!,
que teme el alma y ha de atropellalla.
    ¡Oh Silvia, reina de la hermosura!,
por vos a los oficios doy de mano   680
que pudieran honrarme y dar ven[tura].
    Pero, ¿qué es lo que he dicho? ¡Oh ciego in[sano!]
¿No vale más gozar de aquellos ojos,
que ser señor del áureo suelo hispano?
Tu beldad, Silvia, adoro aquí de hinojo[s].   685

(AURELIO vuelve y, hallándole de rodillas, le dice:)

[AURELIO]   ¿Son éstos los despojos, señor mío,
que el gran cuidado mío te procura?
Por cierto que es locura averiguada
mostrar tan derribada la esperanza.
Ten, señor, confianza; espera un poco,   690
que das muestras de loco en lo que ha[ces].

YZUF   Poco me satisfaces y contentas,
si consolarme tientas con razones.
¿Has visto las faciones de mi diosa?

AURELIO   Señor, no he visto cosa. ¿Es ya venida?   695
Si lo es, retraída está allá dentro.

YZUF   Sí está, y aun en el centro de mi pe[cho].

AURELIO   Ten cierto tu provecho desde hoy más.

YZUF   Vamos, y verla has, y ten cuidado
de lo que te he rogado, Aur[elio amigo].   700

AURELIO   El cielo será dello [buen testigo].

(Vanse, y sale FÁTIMA sola.)

[FÁTIMA]   El esperado punto es ya llegado
que pide la no vista hechicería
para poder domar el no domado
pecho, que domará la ciencia mía.   705
Por la región del cielo, el estrellado
carro lleva la noche obscura y fría,
y la ocasión me llama do haré cosas
horrendas, estupendas, espantosas.

    El cabello dorado al aire suelto   710
tiene de estar, y el cuerpo desceñido,
descalzo el pie derecho, el rostro vuelto
al mar adonde el sol se ha zabullido;
al brazo este sartal será revuelto
de las piedras preñadas que en el nido   715
del águila se hallan, y esta cuerda
con mi intención la virtud suya acuerda.

    Aquestas cinco cañas, que cortadas
fueron en luna llena por mi mano,
en esta mesma forma acomodadas,   720
lo que quiero harán fácil y llano;
también estas cabezas, arrancadas
del jáculo, serpiente, en el verano
ardiente allá en la Libia, me aprovechan,
y aun estos granos si en el suelo se echan.   725

    Esta carne, quitada de la frente
del ternecillo potro cuando nace,
cuya virtud rarísima, excelente,
en todo a mi deseo satisface,
envuelta en esta yerba, a quien el diente   730
tocó del corderillo cuando pace,
hará que Aurelio venga cual cordero
mansísimo y humilde a lo que quiero.

Esta figura, que de cera es hecha,
en el nombre de Aurelio fabricada, 735
será con blanda mano y dura flecha,
por medio el corazón atravesada.
Quedará luego Zahara satisfecha
de aquella voluntad desordenada,
y el helado cristiano vendrá luego 740
ardiendo en amoroso y dulce fuego.
[A vosotros, ¡oh] justos Radamanto
[y Minos!, que con leyes inmutables]
en los escuros reinos del espanto
regís las almas tristes miserables; 745
si acaso tiene fuerza el ronco canto
o mormurio de versos detestables,
por ellos os conjuro, ruego y pido
ablandéis este pecho endurecido.
¡Rápida, Ronca, Run, Raspe, Riforme, 750
Gandulandín, Clifet, Pantasilonte,
ladrante tragador, falso triforme,
herbárico pastífero del monte,
Herebo, engendrador del rostro inorme
de todo fiero dios, a punto ponte 755
y ven sin detenerte a mi presencia,
si no desprecias la zoroastra ciencia!

(Sale un DEMONIO y dice:)

[DEMONIO]   La fuerza incontrastable de tus versos
y mormurios perversos me han traído
del reino del olvido a obedecerte; 760
mas, ¡oh mora!, quel verte en esta empresa
infinito me pesa, porque entiendo
que es ir tiempo perdiendo.

FÁTIMA   ¿Por qué causa?

DEMONIO   Pon al conjuro pausa, y al momento
            satisfaré tu intento en lo que pides,   765
            si acaso tú te mides y acomodas
            a mis palabras todas y consejos.
            Todos tus aparejos son en vano,
            porque un pecho cristiano, que se ar[r]ima
            a Cristo, en poco [esti]ma hechicerías.   770
            Por muy diversas vías te con[v]iene
            atraerle a que pene por tu amiga.

FÁTIMA   ¿Ansí questa fatiga no aprovecha?

DEMONIO   En balde ha sido hecha. Mas escucha,
            que con presteza mucha y sin rodeo   775
            cumplirás tu de[se]o [e]n este modo:
            en el infierno [todo n]o hay quien haga
            más cruda y fiera [pl]aga entre cristianos,
            aunque muestren más sanos corazones
            y limpias intenciones, que es la dura   780
            necesidad que apura la paciencia;
            no tiene resistencia esta pasión;
            la otra es la ocasión. Si estas dos vien[en]
            y con Aurelio tienen estrecheza,
            verás a su braveza derribada   785
            y en blandura tornada, y con sosiego,
            [reg]alarse en el fuego d[e Cup]ido.

FÁTIMA   [Pues esas dos te pido que me invíes],
            -fol. 10r-
            y que no te desvíes desta empresa.

[DEMONIO]   Tu mandado se hará con toda priesa.   790

(Vanse.)

Tercera jornada

Salen dos esclavos y dos muchachillos moros, que les salen diciendo estas palabras, que se usan decir en Argel: «Joan, o Juan, non rescatar, non fugir. Don Juan no venir; acá morir, perro, acá morir; don Juan no venir; acá, morir».

[ESCLAVO 1.º] ¡Bien decís, perros; bien decís, traidores!
Que si don Juan el valeroso de Austria
gozara del vital amado aliento,
a sólo él, a sola su ventura,
la destruición de vuestra infame tierra   5
guardara el justo y pïadoso cielo.
Mas no le mereció gozar el mundo;
antes, en pena de tan graves culpas
como en él se comenten, quiso el hado
cortar el hilo de su dulce vida   10
y arrebatar el alma el alto cielo.

[MUCHACHOS] ¡Don Juan no venir; acá morir!

[ESCLAVO 2.º] ¡Si él acaso viniera, yo sé cierto
que huyérades vosotros, gente infame!

[MUCHACHOS] ¡Don Juan no venir; acá morir!   15

[ESCLAVO 1.º] ¡Tú morirás, y no podrás huirte
del duro cativerio del infierno!

[MUCHACHOS] ¡Don Juan no venir; acá morir!

[ESCLAVO 2.º] Vendrá su hermano, el ínclito Filipo,
el cual, sin duda, ya venido hubiera   20
si la cerviz indómita y erguida
del luterano Flandes no ofendiese
tan sin vergüenza a su real corona.

[MUCHACHOS] ¡Acá morir!

[ESCLAVO 1.º]   Primero espero ver puestas por tierra   25
                  estas flacas murallas, y este nido
                  y cueva de ladrones abrasado,
                  pena que justamente le es debida
                  a sus continos y nefandos vicios.

[ESCLAVO 2.º]   Será nunca acabar si respondemos;   30
                  déjalos ya, Pedro Álvarez, amigo,
                  que ellos se cansarán, y dime agora
                  si todavía piensas de huirte.

[ESCLAVO] 1.º   ¡Y cómo!

[ESCLAVO] 2.º   ¿En qué manera?

[ESCLAVO] 1.º   ¿En qué manera?
                  Por tierra, pues no puedo de otra suerte.   35

[ESCLAVO] 2.º   ¡Dificultosa empresa, cierto, emprendes!

[ESCLAVO] 1.º   Pues, ¿qué quieres que haga? Dime, hermano;
                  que mis ancianos padres, que son muertos,
                  y un hermano que tengo se ha entregado
                  en la hacienda y bienes que dejaron,   40
                  el cual es tan avaro, que, aunque sabe
                  la esclavitud amarga que padezco,
                  no quiere dar, para librarme della,
                  un real de mi mismo patrimonio.
                  Como esto considero, y veo que tengo   45
                  un amo tan cruel como tú sabes,
                  y que piensa que yo soy caballero,
                  y que no hay modo que limosna alguna
                  llegue a dar el dinero que él me pide,
                  y la insufrible vida que padezco,   50
                  de hambre, desnudez, cansancio y frío,
                  determino morir antes huyendo,
                  que vivir una vida tan mezquina.

[ESCLAVO] 2.º   ¿Has hecho la mochila?

[ESCLAVO] 1.º   Sí, ya tengo
                casi diez libras de bizcocho bueno.   55

[ESCLAVO] 2.º   ¿Pues hay desde aquí a Orán sesenta l[e]g[uas]
                y no piensas llevar más de diez libras?

[ESCLAVO] 1.º   No, porque tengo hecha ya una pasta
                de harina y huevos, y con miel mezclada,
                y cocida muy bien, la cual me dicen   60
                que da muy poco della gran sustento;
                y si esto me faltare, algunas yerbas
                pienso comer con sal, que también llevo.

[ESCLAVO] 2.º   ¿Zapatos llevas?

[ESCLAVO] 1.º   Sí, tres pares buenos.

[ESCLAVO] 2.º   ¿Sabes bien el camino?

[ESCLAVO] 1.º   ¡Ni por pienso!   65

[ESCLAVO] 2.º   Pues, ¿cómo piensas ir?

[ESCLAVO] 1.º   Por la marina;
                que agora, como es tiempo de verano,
                los alárabes todos a la sierra
                se retiran, buscando el fresco viento.

[ESCLAVO] 2.º   ¿Llevas algunas señas por do entiendas   70
                cuál es de Orán la deseada tierra?

[ESCLAVO] 1.º   Sí llevo, y sé que he de pasar primero
                dos ríos: uno del Bates nombrado,
                río del azafrán, que está aquí junto;

                otro, el de Hiqueznaque, que es más lejos.   75
                Cerca de Mostagán, y a man derecha,
                está una levantada y grande cuesta,
                que dicen que se llama el Cerro Gordo,
                y puesto encima della se descubre

frente por frente un monte, que es la Silla,   80
que sobre Orán levanta la cabeza.

[ESCLAVO] 2.º   ¿Caminarás de noche?

[ESCLAVO] 1.º   ¿Quién lo duda?

[ESCLAVO] 2.º   ¿Por montañas, por riscos, por honduras
te atreves a pasar, en las tinieblas
de la cerrada noche, sin camino   85
ni senda que te guíe adonde quieres?
¡Oh libertad, y cuánto eres amada!
Amigo dulce, el cielo sancto haga
salir con buen suceso tu trabajo.
Dios te acompañe.

[ESCLAVO] 1.º   Y Él vaya contigo.   90

(AURELIO y SILVIA.)

[AURELIO]   Dádome ha la Fortuna por descuento
de todo mi trabajo, Silvia mía,
la gloria de mirarte y el contento.
    Mi pena será vuelta en alegría
de hoy más, pues que te veo, Silvia amada,   95
y mi cerrada noche en claro día.

SILVIA   Yo soy, mi bien, la bien afortunada,
pues que torno a gozar de tu presencia,
de lo que estaba ya desconfiada.

AURELIO   ¿Cómo os ha ido, esposa, en esta ausencia,   100
en poder desta gente que no alcanza
razón, virtud, valor, almas, conciencia?

SILVIA   Como he tenido y tengo la esperanza
puesta en el Hacedor de tierra y cielo

con cristiana y segura confianza,   105
    por su bondad, aun tengo el casto velo
guardado, y con su ayuda sancta espero
no tener de mancharle algún recelo.

AURELIO   Sabrás, esposa dulce, que el artero
y vengativo Amor ha salteado   110
con áspero rigor, airado y fiero,
    el pecho de mi ama, y le ha llagado
de una llaga incurable, pues le tiene
deste pecho, que es tuyo, enamorado,
    y a doquiera que voy comigo viene;   115
y, según que la mora me declara,
con el solo mirarme se entretiene.

SILVIA   Todo ese cuento ya me ha dicho Zahara,
y me ha pedido que yo a ti te pida
no quieras desdeñarla así a la clar[a].   120
    También no pasa menos triste vida
Yzuf, nuestro amo, que también me adora,
con fe que, a lo que creo, no es fingida.

AURELIO   ¡Oh pobre moro!

SILVIA   ¡Oh desdichada mora!

AURELIO   ¡Cómo enviáis en vano al vano viento   125
vuestros vanos suspiros de hora en hora!
    También me ha dicho Yzuf todo su inte[nto]
y me ha rogado que yo a vos os ruegue
algún alivio deis a su tormento.
    Mas antes con airada furia llegue   130
una saeta que me pase el pecho,
y esta alma de las carnes se despegu[e],
    que tan a costa mía su provecho
y tan en daño vuestro procurase,
aunque él quede de mí mal satisfe[cho].   135

SILVIA   Si en este caso, Aurelio, nos bastase
mostrar a éstos voluntad trocada,
sin que el daño adelante más pasase,
     tendríalo por cosa yo acertada,
porque deste fingir se granjearía   140
el no estorbarnos nuestra vista amada.
     Dirás a Zahara que por causa mía
no te muestras tan áspero, y yo al moro
diré que mucho puede tu porfía;
     y, guardando los dos este decoro   145
con discreción podremos fácilmente
aplacar con el vernos nuestro lloro.

AURELIO   El parecer que has dado es excelente,
y haráse cual lo ordenas, y entre tan[to],
quizá se aplacará el hado inclemente.   150
     Yo escribiré a mi padre en el quebranto
en que estamos los dos; tú, Silvia, puedes
escribir a los tuyos otro tanto.
     Y, porque a veces tienen las paredes,
según se dice, oídos, Silvia mía,   155
agradeciendo al cielo estas mercedes,
pasemos esta plática a otro día.

-fol. 11r-

(OCASIÓN, NECESIDAD, AURELIO, ZAHARA y FÁTIMA. **Sale primero la
OCASIÓN y la** NECESIDAD.**)**

OCASIÓN   Necesidad, fiel ejecutora
de cualquiera delicto que te ofrece
la pública ocasión o la secreta,   160
ya ves cuán apremiadas y forzadas
del Herebo infernal habemos sido,
para venir a combatir la roca

del pecho encastillado de un cristiano,
que está rebelde y muestra que no teme   165
del niño y ciego dios la grande fuerza.
Es menester que tú le solicites
y te le muestres, siempre a todas horas,
en el comer, y en el vestir y en todas
las cosas que pensare o pretendiere.   170
Yo, por mi parte, de contino pienso
ponérme[le] delante y la melena
de mis pocos cabellos ofrecerle,
y detenerme un rato, porque pueda
asirme della, cosa poco usada   175
de mi ligera condición y presta.

NECESIDAD   Bien puedes, Ocasión, estar segura
que yo haré por mi parte maravillas
si tu favor y ayuda no me falta.
Pero ves, aquí viene el indomable;   180
aprecíbete, hermana, y derribemos
la vana presunción deste cristiano.

(Sale AURELIO.**)**

[AURELIO]   ¿Que no ha de ser posible, pobre Aurelio,
el defenderte desta mora infame,
que por tantos caminos te persigue?   185
Sí será, sí, si no me niega el cielo
el favor que hasta aquí no me ha negado.
De mil astucias usa y de mil mañas
para traerme a su lascivo intento:
ya me regala, ya me vitupera,   190
ya me da de comer en abundancia,
ya me mata de hambre y de miseria.

[NECESIDAD]	Grande es, por cierto, Aurelio, la que tienes.	
[AURELIO]	Grande necesidad, cierto, padezco.	
NECESIDAD	Rotos traes los zapatos y vestido.	195
AURELIO	Zapatos y vestidos tengo rotos.	
NECESIDAD	En un pellejo duermes, y en el suelo.	
AURELIO	En el suelo me acuesto en un pellejo.	
NECESIDAD	Corta traes la camisa, sucia y rota.	
AURELIO	Sucia, corta camisa y rota traigo.	200
OCASIÓN	Pues yo sé, si quisieses, que hallarías ocasión de salir dese trabajo.	
AURELIO	Pues yo sé, si quisiese, que podría salir desta miseria a poca costa.	
OCASIÓN	Con no más de querer a tu ama Zahara, o con dar muestras sólo de quererla.	205
AURELIO	Con no más de querer bien a mi ama, o fingir que la quiero, me bastaba. Mas, ¿quién podrá fingir lo que no quiere?	
NECESIDAD	Necesidad te fuerza a que lo hagas.	210
AURELIO	Necesidad me fuerza a que lo haga.	
OCASIÓN	¡Oh, cuán rica que es Zahara y cuán hermosa!	
AURELIO	¡Cuán hermosa y cuán rica que es mi ama!	
NECESIDAD	Y liberal, que hace mucho al caso, que te dará a montón lo que quisieres.	215
AURELIO	Y, siendo liberal y enamorada, daráme todo cuanto le pidiere.	
OCASIÓN	Estraña es la ocasión que se te ofrece.	

AURELIO   Estraña es la ocasión que se me ofrece,
               mas no podrá torcer mi hidalga sangre   220
               de lo que es justo y a sí misma debe.

OCASIÓN   ¿Quién tiene de saber lo que tú haces?
               Y un pecado secreto, aunque sea grave,
               cerca tiene el remedio y la disculpa.

AURELIO   ¿Quién tiene de saber lo que yo hago?   225
               Y una secreta culpa no merece
               la pena que a la pública le es dada.

OCASIÓN   Y más, que la ocasión mil ocasiones
               te ofrecerá secretas y escondidas.

AURELIO   Y más, que a cada paso se me ofrecen   230
               secretas ocasiones infinitas.
               ¡Cerrar quiero con una! ¡Aurelio, paso,
               que no es de caballero lo que piensas,
               sino de mal cristiano, descuidado
               de lo que a Cristo y a su sangre debe!   235

NECESIDAD   Misericordia tuvo y tiene Cristo

               con que perdona siempre las ofensas
               que por necesidad pura le hacen.

AURELIO   Pero bien sabe Dios que aquí me fuerza
               pura necesidad, y esto reciba   240
               el cielo por disculpa de mi culpa.

OCASIÓN   Agora es tiempo, Aurelio; agora puedes
               asir a la ocasión por los cabellos.
               ¡Mira cuán linda, dulce y amorosa
               la mora hermosa viene a tu mandado!   245

(Sale ZAHARA.)

ZAHARA	Aurelio, ¿solo estás?
AURELIO	¡Y acompañado!
ZAHARA	¿De quién?
AURELIO	De un amoroso pensamiento.
ZAHARA	¿Quién es la causa? Di.
AURELIO	Si te la digo, podría ser que ya no me llamases riguroso, cruel, desamorado.
NECESIDAD	¡Obrando va tu fuerza, compañera!
OCASIÓN	¿Pues no ha de obrar? Escucha en lo que para.
ZAHARA	Si eso ansí fuese, Aurelio, dichosísima sería mi ventura, y tú serías no menos venturoso, dulce Aurelio. Y, porque más de espacio y más a solas me puedas descubrir tu pensamiento, sígueme, Aurelio, agora que se ofrece la ocasión de no estar Yzuf en casa.
AURELIO	Sí siguiré, señora; que ya es tiempo de obedecerte, pues que soy tu esclavo.
NECESIDAD	Por tierra va, Ocasión, el fundamento del bizarro cristiano. ¡Ya se rinde!
OCASIÓN	¡Tales combates juntas le hemos dado! Entrémonos con Zahara en su aposento, y allí de nuevo, cuando Aurelio entrare, tornaremos a darle tientos nuevos.

(Éntra[n]se, y queda AURELIO solo.)

AURELIO	Aurelio, ¿dónde vas? ¿Para dó mueves	

AURELIO   Aurelio, ¿dónde vas? ¿Para dó mueves
             el vagaroso paso? ¿Quién te guía?
             ¿Con tan poco temor de Dios te atreves   270
             a contentar tu loca fantasía?
             Las ocasiones fáciles y leves
             que el lascivo regalo al alma envía
             tienen de persuadirte y derribarte
             y al vano y torpe amor blando entregarte.   275
                 ¿Es éste el levantado pensamiento
             y el propósito firme que tenías
             de no ofender a Dios, aunque en tormento
             acabases tus cortos, tristes días?
             ¿Tan presto has ofrecido y dado al viento   280
             las justas, amorosas fantasías,
             y ocupas la memoria de otras vanas,
             inhonestas, infames y livianas?
                 ¡Vaya lejos de mí el intento vano!
             ¡Afuera, pensamiento malnacido!   285
             ¡Que el lazo enredador de amor insano,
             de otro más limpio amor será rompido!
             ¡Cristiano soy, y [he] de vivir cristiano;
             y, aunque a términos tristes conducido,
             dádivas o promesa, astucia o arte,   290
             no harán que un punto de mi Dios me apar[te]!

**(Sale FRANCISCO, el muchacho hermano del niño que vendieron en la
segunda jornada, y dice:)**

[FRANCISCO]   ¿Has visto, Aurelio, a mi hermano?

AURELIO   ¿Dices a Juanico?

FRANCISCO   Sí.

AURELIO   Poquito habrá que le vi.

| FRANCISCO | ¡Oh sancto Dios soberano! | 295 |

| AURELIO | ¿Padeces algún tormento,
Francisco? |

| FRANCISCO | Sí; una fatiga
que no sé como la diga,
aunque sé cómo la siento;
    y no quieras saber más,
para entender mi cuidado,
sino que mi hermano ha dado
el ánima a Satanás. | 300 |

| AURELIO | ¿Ha renegado, por dicha? |

| FRANCISCO | ¿Dicha llamas renegar?
Si él lo viene a efectuar,
ello será por desdicha.
    Ha dado ya la palabra
de ser moro, y este intento
en su tierno pensamiento
con regalos siempre labra. | 305

310 |

-fol. 12r-

| AURELIO | Vesle, Francisco, a do asoma.
¡Bizarro viene, por cierto! |

| FRANCISCO | Estos vestidos le han muerto:
que él ¿qué sabe qué es Mahoma? | 315 |

| AURELIO | Vengáis norabuena, Juan. |

| JUAN | ¿No saben ya que me llamo... |

| AURELIO | ¿Cómo? |

| JUAN | ...ansí como mi amo? |

| FRANCISCO | ¿En qué modo? |

| JUAN | Solimán. |

FRANCISCO   ¡Tósigo fuera mejor,   320
                 que envenenara aquel hombre
                 que ansí te ha mudado el nombre!
                 ¿Qué es lo que dices, traidor?

JUAN   Perro, poquito de aqueso,
                 que se lo diré a mi amo.   325
                 ¿Porque Solimán me llamo,
                 me amenaza? ¡Bueno es eso!

FRANCISCO   ¡Abrázame, dulce hermano!

JUAN   ¿Hermano? ¿De cuándo acá?
                 ¡Apártase el perro allá;   330
                 no me toque con la mano!

FRANCISCO   ¿Por qué conviertes en lloro
                 mi contento, hermano mío?

JUAN   Ése es grande desvarío.
                 ¿Hay más gusto que ser moro?   335
                 Mira este galán vestido,
                 que mi amo me le ha dado,
                 y otro tengo de brocado,
                 más bizarro y más polido.
                 Alcuzcuz como sabroso,   340
                 sorbeta de azúcar bebo,
                 y el corde, que es dulce, pruebo,
                 y pilao, que es provechoso.
                 Y en vano trabajarás
                 de aplacarme con tu lloro;   345
                 mas, si tú quieres ser moro,
                 a fe que lo acertarás.
                 Toma mis consejos sanos,
                 y veráste mejorado.
                 Adiós, porque es gran pecado   350
                 hablar tanto con cristianos.

(Vase.)

FRANCISCO   ¿Hay desventura igual en todo el suelo?
¿Qué red tiene el demonio aquí tendida
con que estorba el camino de ir al cielo?
   ¡Oh tierna edad, cuán presto eres vencida,   355
siendo en esta Sodoma recuestada
y con falsos regalos combatida!

AURELIO   ¡Oh, cuán bien la limosna es empleada
en rescatar muchachos, que en sus pechos
no está la santa fe bien arraigada!   360
   ¡Oh, si de hoy más, en caridad deshechos
se viesen los cristianos corazones,
y fuesen en el dar no tan estrechos,
   para sacar de grillos y prisiones
al cristiano cativo, especialmente   365
a los niños de flacas intenciones!
   En esta sancta obra ansí excelente,
que en ella sola están todas las obras
que a cuerpo y alma tocan juntamente.
   Al que rescatas, de perdido cobras,   370
reduces a su patria el peregrino,
quítasle de cien mil y más zozobras:
   de hambre, que le aflige de contino;
de la sed insufrible, y de consejos
que procuran cerrarle el buen camino;   375
   de muchos y continos aparejos
que aquí el demonio tiende, con que toma
a muchachos cristianos y aun a viejos.
   ¡Oh secta fementida de Mahoma;
ancha casaca poco escrupulosa,   380
con qué facilidad los simples doma!

FRANCISCO   ¡Mándasme, buen Aurelio, alguna cosa?

AURELIO   Dios te guíe, Francisco, y ten paciencia;
                   que la mano bendita poderosa
                   cura[rá] de tu hermano la dolencia.   385

(Vase FRANCISCO, y, yéndose a salir AURELIO, sale SILVIA y dice:)

[SILVIA]   ¿Dó vas, Aurelio, dulce amado esposo?

AURELIO   A verte, Silvia, pues tu vista sola
                   es el perfecto alivio a mis trabajos.

SILVIA   También el verte yo, mi caro Aurelio,
                   es el remedio de mis graves daños.   390

**(Abrázanse, y estánlo mirando sus amos; y ZAHARA va a dar a SILVIA,
YZUF a AURELIO.)**

ZAHARA   ¡Perra! ¿Y esto se sufre ante mis ojos?

YZUF   Perro, traidor esclavo! ¿Con la esclava?

ZAHARA   No, no señor; no tiene culpa Aurelio,
                   que al fin es hombre, sino esta perra esclava.

YZUF   ¿La esclava? No señora. ¡Este maldito,   395
                   forjador e inventor de mil embustes,
                   tiene la culpa destas desvergüenzas!

ZAHARA   Si esta lamida, si esta descarada
                   no le diera ocasión, no se atreviera
                   Aurelio ansí abrazarla estrechamente.   400

AURELIO   No, por cierto, señores; no ha nacido
                   nuestra desenvoltura de ocasiones
                   lascivas, según da las muestras dello,

sino que a Silvia le rogaba agora
me hiciese una merced que ha muchos días   405
que se la pido, y no por mi interese;
y ella también a mí me ha persuadido
un servicio le hiciese que conviene
para mejor servir la casa vuestra.
Y, por habernos concedido entrambos   410
aquello que pedía el uno al otro,
en señal de contento nos hallastes
de aquel modo que vistes abrazados,
sin manchar los honestos pensamientos.

YZUF   ¿Es verdad esto, Silvia?

SILVIA   Verdad dice.   415

YZUF   ¿Qué pediste tú a él?

SILVIA   Poco te importa
            saber lo que yo a Aurelio le pedía.

ZAHARA   ¿Concediótelo, en fin?

SILVIA   Como yo quise.

YZUF   Entraos adentro, que por fuerza os creo;
            porque, si no os creyese, convendría   420
            castigar vuestro exceso con mil penas.

            (Éntranse AURELIO y SILVIA.)

            Sabréis, señora, que en este mismo punto,
            viniendo por el Zoco, me fue dicho
            cómo el rey me mandaba que llevase
            a Silvia con Aurelio a su presencia;   425
            y tengo para mí que algún tresleño
            y mal cristiano, que a los dos conoce,
            al rey debe de haber significado

cómo son de rescate estos cativos;
y, como el rey está tan mal conmigo,   430
porque acetar no quise el cargo y honra
de reparar los fosos y murallas,
quiéremelos quitar, sin duda alguna.

ZAHARA   El remedio que en esto se me ofrece
           es advertir a Aurelio que no diga   435
           al rey que es caballero, sino un pobre
           soldado que iba a Italia, y que esta Silvia
           es su mujer; y si esto el rey creyese,
           no querrá por el tanto que costaron
           quitártelos, que el precio es muy subido.   440

YZUF   Muy bien dices, señora; ven, entremos
           y demos este aviso a los dos juntos.

(Vanse.)

Jornada cuarta

Entra el cautivo que se huyó, descalzo, roto el vestido, y las piernas señaladas como que trae muchos rasgones de las espinas y zarzas por do ha pasado.

[CAUTIVO] Este largo camino,
tanto pasar de breñas y montañas,
y el bramido contino
de fieras alimañas
me tiene de tal suerte,   5
que pienso de acabarle con mi muerte.
　El pan se me ha acabado,
y roto entre jarales el vestido;
los zapatos, rasgado;
el brío, consumido;   10
de modo que no puedo
un pie del otro pie pasar un dedo.
　Ya la hambre me aqueja,
y la sed insufrible me atormenta;
ya la fuerza me deja;   15
ya espero desta afrenta
salir con entregarme
a quien de nuevo quiera cautivarm[e].
　He ya perdido el tino;
no sé cuál es de Orán la cierta vía,   20
ni senda ni camino
la triste suerte mía
me ofrece; mas, ¡ay laso!,
que, aunque la hallase, no hay mover el pa[so],
-fol. 13r-
　¡Virgen bendita y bella,   25
remediadora del linaje humano,
sed Vos aquí la estrella

que en este mar insano
mi pobre barca guíe
y de tantos peligros me desvíe!	30
    ¡Virgen de Monserrate,
que esas ásperas sierras hacéis cielo,
enviadme rescate,
sacadme deste duelo,
pues es hazaña vuestra	35
al mísero caído dar la diestra!
    Entre estas matas quiero
asconderme, porque es entrado el día;
aquí morir espero.
Santísima María,	40
en este trance amargo,
el cuerpo y alma dejo a vuestro cargo.

(Échase a dormir entre unas matas, y sale un león y échase junto a él muy manso, y luego sale otro cristiano, que también se ha huido de Argel, y dice:)

[CRISTIANO]   Estas pisadas no son,
por cierto, de moro, no;
cristiano las estampó,	45
que con la misma intención
debe de ir que llevo yo.
    De alárabes las pisadas
son anchas y mal formadas,
porque es ancho su calzado;	50
el nuestro más escotado,
y ansí son diferenciadas.
    Yo seguro que no está
muy lejos de aquí escondido,
porque el rastro he ya perdido;	55
mas el sol alto está ya,

y yo mal apercebido.

    Aquí me quiero esconder
hasta que al anochecer
[to]rne a seguir mi viaje;   60
que en este mismo paraje
Mostagán viene a caer.

    Pues el sol sale de allí,
el norte hacia aquí se inclina:
no está lejos la marina.   65
¡Oh, qué mal que estoy aquí!
¡Buen Jesús, tú me encamina,

    que mucho alárabe pasa
por esta campaña rasa!
Si hoy me he acertado a esconder,   70
no me despido de ver,
mis hijos, mujer y casa.

(Escóndese, y luego sale un morillo, como que va buscando yerbas, y ve escondido a este segundo cristiano, y comienza a dar voces: «¡Nizara, nizara!», a las cuales acuden otros moros y cogen al cristiano, y dándole de mojicones se entran.)

(En entrando, despierta el primer cristiano, que está junto al león, y viéndole, se espanta y dice:)

[CRISTIANO]   ¡Sancto Dios! ¿Qué es lo que veo?
¡Qué manso y fiero león!
Saltos me da el corazón;   75
cumplido se ha mi deseo;
libre soy ya de pasión,

    pues lo quiere mi ventura.
Éste, con su fuerza dura,

mis días acabará, 80
y su vientre servirá
al cuerpo de sepultura.
　　Pero tanta mansedumbre
no se ve ansí fácilmente
en animal tan valiente, 85
aunque su fiera costumbre,
muestra a las veces clemente.
　　Mas, ¿quién sabe si movido
el cielo de mi gemido,

este león me ha enviado 90
para ser por él tornado
al camino que he perdido?
　　Sin duda es divina cosa,
y asegúrame este intento
que en mis espíritus siento, 95
con fuerza maravillosa,
un nuevo crecido aliento;
　　y ya es caso averiguado
que otro león ha llevado
a la Goleta a un cativo 100
que le halló en un monte esquivo,
huido y descaminado.
　　¡Obra es ésta, Virgen pía,
de vuestra divina mano,
porque ya está claro y llano 105
que el hombre que en vos confía
no espera y confía en vano!
　　Espérame, compañero,
que yo determino y quiero
seguirte doquier que fueres; 110
que ya me parece que eres,
no león, sino cordero.

(Éntrase y vuelve a salir en la cuarta jornada
con el león que le guía. Dice:)

Nunca con menos afán
he caminado camino;
y, aquello que yo imagino,   115
no está muy lejos Orán.
¡Gracias te doy, Rey divino!
    ¡Virgen pura, a Vos alabo!
Yo ruego llevéis al cabo
tan estraña caridad;   120
que, si me dais libertad,
prometo seros esclavo.

(Vase, y en la cuarta jornada salen dos cautivos: PEDRO y
SAYAVEDRA.)

[PEDRO]   Siete escudos de oro he granjeado
[co]n mi solicitud, industria y maña,
[y au]n son pocos, según he trabajado.   125
    Nunca tuve otros tantos en España,
cuando anduve en la guerra de Granada,
armado nueve meses en campaña.

SAYAVEDRA   ¿Cómo cayeron, Pedro en la celada
los siete escudos hoy, por vida mía,   130
cualque nueva campaña fabricada?

PEDRO   Muy mal se negará a tu cortesía
cualquier secreto mío. Escucha agora,
y verás lo que he hecho en este día.
    En esta casa grande do Yzuf mora,   135
renegado español que está casado
con Zahara, la ilustre hermosa mora,

está un cativo nuevo, que es llamado
Aurelio, y una Silvia, hermosa dama,
de quién está el Aurelio enamorado.   140

   Los dos de principales tienen fama,
y helo dicho yo al rey, y mandó darme
los tres escudos déstos.

SAYAVEDRA   ¡Gentil trama!

PEDRO   Gentil o no gentil, si remediarme
no puedo de otra suerte, y cada día   145
he de dar mi jornal y sustentarme,
   ¿quieres que cate y guarde cortesía
a quien puede pagar bien su rescate?
¡No reza esa oración mi ledanía!

SAYAVEDRA   ¿Los otros cuatro?

PEDRO   Son de un jaque y mate   150
que he dado en una bolsa de un cristiano
con un muy concertado disparate.
   Hele hecho tocar casi con mano
que tengo ya una barca medio hecha,
debajo de la tierra, allá en un llano.   155
   Queda desta verdad bien satisfecha,
su voluntad, y, cierto, el bobo piensa
alcanzar libertad ya desta hecha;
   y para ayuda, el gasto y la despensa
de tablas, vela, pez, clavos y estopa,   160
los cuatro dio con que compró su ofensa.

SAYAVEDRA   ¡Desdichado de aquel que acaso topa
contigo, Pedro, y tú más desdichado,
que así cudicias la cristiana ropa!
   ¡En peligroso golfo has engolfado   165
tu barca, de mentiras fabricada,
y en ella tú serás sólo anegado!

PEDRO
La de Noé, que está bien ancorada

-fol. 14r-

en las sierras de Armeña, sería buena,
si no vale la mía acaso nada.   170
    Quizá nos llevará a Sierra Morena,
pero, por cuatro escudos, buena es ésta,
si acuden otros cuatro a caer carena.
    Ajenos pies han de subir la cuesta
agria de mi trabajo, y yo, holgando,   175
haré agasajo, regocijo y fiesta.
    ¿Qué piensas, Sayavedra?

SAYAVEDRA
Estoy pensando
cómo se echa a perder aquí un cristiano,
y más, mientras más va, va peorando.
    Cautivo he visto yo que da de mano   180
a todo aquello que su ley le obliga,
y vive a veces vida de pagano.
    A otro le avasalla su fatiga,
y en Dios y en ella ocupa el pensamiento;
la abraza y la quiere como amiga.   185
    Y de ti sé que tienes el intento
holgazán, embaidor y cudicioso,
fundado sobre embustes sin cimiento.
    T[arde ha]brá libertad...

PEDRO
¡Estás donoso!
[An]tes la tengo ya cierta y segura,   190
sino que estoy un poco vergonzoso.
    Pienso mudar de nombre y vestidura,
y llamarme Mamí.

SAYAVEDRA
¿Renegar quieres?

PEDRO
Sí quiero, mas entiende de qué hechura.

SAYAVEDRA
Reniega tú del modo que quisieres,   195
que ello es muy gran maldad y horrible culpa,

y correspondes mal a ser quien eres.

PEDRO   Bien sé que la conciencia ya me culpa,
pero tanto el salir de aquí deseo,
que esta razón daré por mi disculpa.   200
     Ni niego a Cristo ni en Mahoma creo:
con la voz y el vestido seré moro,
por alcanzar el bien que no poseo.
     Si voy en corso, séme yo de coro
que, en tocando en la tierra de cristianos,   205
me huiré, y aun no vacío de tesoro.

SAYAVEDRA   Lazos son ésos cudicioso[s], vanos,
con que el demonio tienta fácilmente
con el alma ligarte pies y manos.
     Un falso bien se muestra aquí aparente,   210
que es tener libertad, y, en renegando,
se te irá el procurarla de la mente,
     que siempre esperarás el cómo y cuándo:
«Este año, no; el otro será cierto»;
y ansí lo irás por años dilatando.   215
     Tiéneme en estos casos bien esperto
muchos que he visto con tu mismo intento,
y a ninguno llegar nunca a buen puerto.
     Y, puesto que llegases, ¿es buen cuento
poner un tan inorme y falso medio   220
para alcanzar el fin de tu contento?
Daño puedes llamarle [a] tal remedio.

PEDRO   Si no puede esperarse, ni es posible
de mi necesidad otra salida
para alcanzar la libertad gozosa,   225
¿es mucho aventurarse algunos días
a ser moro no más de en la aparencia,
si con esta cautela se granjea
la amada libertad que [se] va huyendo?

SAYAVEDRA   Si tú supieses, Pedro, a dó se estiende   230
              la perfectión de nuestra ley cristiana,
              verías cómo en ella se nos manda
              que un pecado mortal no se cometa,
              aunque se interesase en cometerle
              la universal salud de todo el mundo.   235
              Pues, ¿cómo quieres tú, por verte libre
              de libertad del cuerpo, echar mil hierro[s]
              al alma miserable, desdichada,
              cometiendo un pecado tan inorme
              como es negar a Cristo y a su Iglesia?   240

PEDRO   ¿Dónde se niega Cristo ni su Iglesia?
              ¿Hay más de retajarse y decir ciertas
              palabras de Mahoma, y no otra cosa,
              sin que se miente a Cristo ni a sus santos,
              ni yo le negaré por todo el mundo,   245
              que acá en mi corazón estará siempre
              y Él sólo el corazón quiere del hombre?

SAYAVEDRA   ¿Quieres ver si lo niegas? Está atento.
              Fíngete ya vestido a la turquesca,
              y que vas por la calle y que yo llego   250
              delante de otros turcos y te digo:
              «Sea loado Cristo, amigo Pedro.
              ¿No sabéis cómo el martes es vigilia
              y que manda la Iglesia que ayunemos?»

              A esto, dime: ¿qué responderías?   255
              Sin duda que me dieses mil puñadas,
              y dijeses que a Cristo no conoces,
              ni tienes con su Iglesia cuenta alguna,
              porque eres muy buen moro, y que te llamas,
              no Pedro, sino Aydar o Mahometo.   260

PEDRO   Eso haríalo yo, mas no con saña,
              sino porque los turcos que lo oyesen

pensasen que, pues dello me pesaba,
que era perfecto moro y no cristiano;
pero acá, en mi intención, cristiano siempre.			265

SAYAVEDRA	¿No sabes tú que el mismo Cristo dice:
«Aquel que me negare ante los hombres,
de Mí será negado ante mi Padre;
y el que ante ellos a Mí me confesare,
será de Mí ayudado ante el Eterno			270
Padre mío?» ¿Es prueba ésta bastante
que te convenza y desengañe, amigo,
del engaño en que estás en ser cristiano
con sólo el corazón, como tú dices?
¿Y no sabes también que aquel arrimo			275
con que el cristiano se levanta al cielo
es la cruz y pasión de Jesucristo,
en cuya muerte nuestra vida vive,
y que el remedio, para que aproveche
a nuestras almas el tesoro inmenso			280
de su vertida sangre por bien nuestro,
depositado está en la penitencia,
la cual tiene tres partes esenciales,
que la hacen perfecta y acabada:
contrición de corazón la una,				285
confesión de la boca la segunda,
satisfación de obras la tercera?
Y aquel que contrición dice que tiene,
como algunos cristianos renegados,
y con la boca y con las obras niegan			290
a Cristo y a sus sanctos, no la llames
aquella contrición, sino un deseo
de salir del pecado; y es tan flojo,
que respectos humanos le detienen
de ejecutar lo que razón le dice;			295
y así, con esta sombra y aparencia
deste vano deseo, se les pasa

un año y otro, y llega al fin la muerte
a ponerle en perpetua servidumbre
por aquel mismo modo que él pensaba   300
alcanzar libertad en esta vida.
¡Oh cuántas cosas puras, excelentes,
verdaderas, sin réplica, sencillas,
te pudiera decir que hacen al caso,
para poder borrar de tu sentido   305
esta falsa opinión que en él se imprim[e]!
Mas el tiempo y lugar no lo permite.

PEDRO   Bastan las que me has dicho, amigo; bastan,
y bastarán de modo que te juro,
por todo lo que es lícito jurarse,   310
de seguir tu consejo y no apartarm[e]
del santísimo gremio de la Iglesia,
aunque en la dura esclavitud amarga
acabe mis amargos tristes días.

SAYAVEDRA Si a ese parecer llegas las obras,   315
el día llegará, sabroso y dulce,
do tengas libertad; que el cielo sabe
darnos gusto y placer por cien mil vías
ocultas al humano entendimiento;
y así, no es bien ponerse en contingencia   320
que por sola una senda y un camino
tan áspero, tan malo y trabajoso
nos venga el bien de muchos procurado,
y hasta aquí conseguido de muy pocos.

PEDRO   ¡Mis obras te darán señales ciertas   325
de mi ar[r]epentimiento y mi mudanza!

SAYAVEDRA ¡El cielo te dé fuerzas y te quite
las ocasiones malas que te incitan
a tener tan malvado y ruin propósito!

PEDRO   El mesmo a ti te ayude, cual merece   330

la sana voluntad con que me enseñas.
Adïós, que es tarde.

SAYAVEDRA   ¡Adiós, amigo!

(Sale el REY con cuatro turcos.)

REY   De ira y de dolor hablar no puedo;
             y es la ocasión de mi pesar insano
             el ver que don Antonio de Toledo   335
             ansí se me ha escapado de la mano.
             Los arraces, sus amos, con el miedo
             que yo no les tomase su cristiano,
-fol. 15r-
             a Tetuán con priesa le enviaron,
             y en cinco mil ducados le tallaron.   340
             ¿Un tan ilustre y rico caballero
             por tan vil precio distes, vil canalla?
             ¿Tanto os acudiciastes al dinero,
             tan grande os pareció que era la talla
             que le añedistes otro compañero,   345
             el cual solo pudiera bien pagalla?
             ¿Francisco de Valencia no podía
             pagar solo por sí mayor cuantía?
             En fin, favorecióles la ventura,
             que pudo más que no mi diligencia;   350
             que ésta es la que concierta y asegura
             lo que no puede hacer humana ciencia.
             Conocieron el tiempo y coyuntura,
             y huyeron de no verse en mi presencia:
             que si yo a don Antonio aquí hallara,   355
             cincuenta mil ducados me pagara.
             Es hermano de un conde y es sobrino
             de una principalísima duquesa,

y en perderse, perdió en este camino
ser coronel en una ilustre empresa.	360
Airado el cielo se mostró y begnino
en hacerle cautivo y darse priesa
a darle libertad por tal rodeo,
que no pudo pedir más el deseo.

    Pero, pues ya no puede remediarse,	365
el tratar más en ello es escusado.
Mirad si viene alguno a querellarse.

MORO   Señor, aquí está Yzuf, el renegado.

REY   Entre con intención de aparejarse
a obedecer en todo mi mandado;	370
si no, a fe que le trate en mi presencia
cual merece su necia inobidencia.

(Entra YZUF.)

    ¿Dónde están tus cristianos?

YZUF   Allí fuera.

[REY]   ¿Cuánto diste por ellos?

YZUF   Mil ducados.

[REY]   Yo los daré por ellos.

YZUF No se espera,	375
de tu bondad agravios tan sobrados.

[REY]   ¿En esto me replicas?

YZUF   Da siquiera
algún alivio en parte a mis cuidados.
Al esclavo te doy, rey, sin dinero,
y déjame la esclava, por quien muero.	380

REY
    ¿Tal osaste decir, oh moro infame?
Llevalde abajo, y dalde tanto palo,
hasta que con su sangre se derrame
el deseo que tiene torpe y malo.

YZUF
Dame, señor, mi esclava, y luego dame   385
la muerte en fuego, a hierro, a gancho, en p[alo].

REY
¡Quitádmelo delante! ¡Acabad presto!

YZUF
¿Por pedirte mi hacienda soy molesto?

(Sacan fuera a YZUF a empujones, y entran luego dos alárabes con el cristiano que se huyó, que asieron en el campo, y estos dos moros dicen al RE[Y]: «Alicun çalema çultam adareimi gu[a]naran çal çul».)

REY
    ¿Adónde ibas, cristiano?

CRISTIANO
Procuraba
llegarme a Orán, si el cielo lo quisiera.   390

REY
¿Adónde cautivaste?

CRISTIANO
En la almadraba.

REY
¿Tu amo?

CRISTIANO
Ya murió; que no debiera,
pues me dejó en poder de una tan brava
mujer, que no la iguala alguna fiera.

REY
¿Español eres?

CRISTIANO
En Málaga nacido.   395

REY
Bien lo mu[e]stras en ser ansí atrevido.
    ¡Oh yuraja caur! Dalde seiscientos
palos en las espaldas muy bien dados,
y luego le daréis otros quinientos
en la barriga y en los pies cansados.   400

| CRISTIANO | ¿Tan sin razón ni ley tantos tormentos |
| | tienes para el que huye aparejados? |

| REY | ¡Cito cifuti breguedi! ¡Atalde, |
| | abrilde, desollalde y aun matalde! |

(Átanle con cuatro cordeles de pies y de manos, y tiran cada uno de su parte, y dos le están dando; y, de cuando en cuando, el cristiano se encomienda a Nuestra Señora, y el REY se enoja y dice en turquesco, con cólera: «L[a]guedi denicara, bacinaf; ¡a la testa, a la tes[ta]!», y está diciendo, mientras le están dando:)

¡No sé qué raza es ésta destos perros   405

cautivos españoles! ¿Quién se huye?
Español. ¿Quién no cura de los hierro[s]?
Español. ¿Quién hurtando nos destr[uye]?

Español. ¿Quién comete otros mil hierros?
Español, que en su pecho el cielo influye   410
un ánimo indomable, acelerado,
al bien y al mal contino aparejado.
  Una virtud en ellos he notado:
que guardan su palabra sin reveses,
y en esta mi opinión me han confirmado   415
dos caballeros Sosas portugueses.
Don Francisco también la ha sigurado,
que tiene el sobrenombre de Meneses,
los cuales sobre su palabra han sido
enviados a España, y la han cumplido.   420
  Don Fernando de Ormaza también fuese
sobre su fe y palabra, y ansí ha hecho,
un mes antes que el término cumpliese,

la paga, con que bien me ha satisfecho.
De darles libertad, un interese   425
se sigue tal, que dobla mi provecho:
que, como van sobre su fe prendados,
les pido los rescates tresdoblados.
    Y éste dalde a su amo, y llamad luego
un cristiano de Yzuf, que está allí fuera,   430
que quiero que granjee su sosiego
por ver si mi opinión es verdadera.
De pérdida y ganancia es este juego.

MORO   Señor, del bien hacer siempre se espera
              galardón, y si falta d[e]ste suelo,   435
              la paga se dilata para el cielo.

(Entra AURELIO **y dícele el** REY**:)**

[REY]   Ya sé quién eres, cristiano;
              tu virtud, valor y suerte,
              y sé que presto has de verte
              en el patrio suelo hispano.   440
                  Esta Silvia, ¿es tu mujer?

AURELIO   Sí, señor.

REY   Y ¿adónde ibas
              cuando en las ondas esquivas
              perdiste todo el placer?

[AURELIO]   Yo se lo diré, [s]eñor,   445
              en verdad[era]s razones.
              De otro rey y otras prisiones
              fui yo esclavo, que es Amor.
                  Desta Silvia enamorado
              [and]uve un tiempo en mi tierra,   450
              y la fuerza desta guerra

me ha traído en este estado.
   A su padre la pedí
muchas veces por mujer,
pero nunca a mi querer   455
sólo un punto le rendí;
   y, viendo que no podía
por aquel modo alcanzalla,
determiné de roballa,
que era la más fácil vía.   460
   Cumplí en esto mi deseo,
y, pensando ir a Milán,
trújome el hado al afán
y esclavitud do me veo.

REY   No pierdas la confianza   465
en esta vida importuna,
pues sabes que de Fortuna
la condición es mudanza.
   Yo te daré libertad
a ti y a Silvia al momento,   470
si tienes conocimiento
de pagar tal voluntad.
   Mil ducados he de dar
por los dos, y sólo quiero
que me deis dos mil; empero,   475
habéismelo de jurar,
   y así, sobre vuestra fe,
os partiréis luego a España.

AURELIO   Señor, a merced tamaña,
¿qué gracias te rendiré?   480
   Yo prometo de enviallos
dentro de un mes, sin mentir,
aunque los sepa pedir
por Dios, y si no, hurtallos.

REY   Pues, luego os aparejad,   485

y en la primera saetía
tomad de España la vía,
que a los dos doy libertad.

AURELIO   El suelo y cielo te trate
cual merece tu bondad,   490
y tomá mi voluntad
por prenda deste rescate;
   que yo perderé la vida
o cumpliré mi palabra:
que este bien ya escarba y labra   495
en mi sangre bien nacida.

MORO   Señor, un navío viene.

REY   ¿De qué parte?

MORO   De Ocidente.

REY   Mejor es que no de Oriente.
¿Es de gavia?

MORO   Gavia tiene.   500

REY   Debe ser de mercancía.

MORO   Podría ser, aunque se suena
que la mercancía es buena
si es limosna.

REY   Sí sería.
   Vamos. Tú, Aurelio, procura   505
tu partida, y ten cuidado
de aquello que me has jurado.

AURELIO   Crezca el cielo tu ventura.

(Éntrase el REY **y queda** AURELIO.**)**

 ¡Gracias te doy, eterno Rey del cielo,
que tan sin merecerlo has permitido   510
que, por la mano de quien más temía,
tanto bien, tanta gloria me viniese!

(Entra FRANCISCO y dice:)

[FRANCISCO] ¡Albricias, caro Aurelio!, que es llegado
un navío de España, y todos dicen
que es de limosna cierto, y que en él viene   515
un fraile trinitario cristianísimo,
amigo de hacer bien, y conocido,
porque ha estado otra vez en esta tierra
rescatando cristianos, y da ejemplo
de mucha cristiandad y gran prudencia.   520
Su nombre es fray Juan Gil.

AURELIO Mira no sea,
fray Jorge de Olivar, que es de la Orden
de la Merced, que aquí también ha estado,
de no menos bondad y humano pecho;
tanto, que ya después que hubo espendido   525
bien veinte mil ducados que traía,
en otros siete mil quedó empeñado.
¡Oh caridad estraña! ¡Oh sancto pecho!

(Entran tres esclavos, asidos en sus cadenas.)

[ESCLAVO 1.º] ¡Qué buen día, compañeros!
La limosna está en el puerto.   530
Mi remedio tengo cierto,

porque aquí me traen dineros.

[ESCLAVO 2.º]   No tengo bien, ni le espero,
ni siento en mi tierra quien
me pueda hacer algún bien.   535

[ESCLAVO 3.º]   Pues yo no me desespero

[FRANCISCO]   Dios nos ha de remediar,
hermanos: mostrad buen pecho,
que el Señor que nos ha hecho,
no nos tiene de olvidar.   540
    Roguémosle, como a Padre,
nos vuelva a nuestra mejora,
pues es nuestra intercesora
su Madre, que es nuestra Madre;
    porque, con tan sancto medio,   545
nuestro bien está seguro:
que ella es nuestra fuerza y muro,
nuestra luz, nuestro remedio.

(Echan todos las cadenas al suelo y híncanse de rodillas, y dice el uno:)

[UNO]   ¡Vuelve, Virgen Santísima María,
tus ojos que dan luz y gloria al cielo,   550
a los tristes que lloran noche y día
y riegan con sus lágrimas el suelo!
Socórrenos, bendita Virgen pía,
antes que este mortal corpóreo velo
quede sin alma en esta tierra dura   555
y carezca de usada sepultura.

OTRO   Reina de las alturas celestiales,
Madre y Madre de Dios, Virgen y Madre,
espanto de las furias infernales,

Madre y Esposa de tu mismo Padre,   560
remedio universal de nuestros males:
si con tu condición es bien que cuadre
usar misericordia, úsala agora,
y sácame de entre esta gente mora.

OTRO   En Vos, Virgen dulcísima María,   565
entre Dios y los hombres medianera,
de nuestro mar incierto cierta guía,
Virgen entre las vírgenes primera;
en vos, Virgen y Madre; en Vos confía
mi alma, que sin Vos en nadie espera,   570
que me habréis de sacar con vuestras manos
de dura servidumbre de paganos.

AURELIO   Si yo, Virgen bendita, he conseguido
de tu misericordia un bien tan alto,
¿cuándo podré mostrarme agradecido,   575
tanto que, al fin, no quede corto y falto?
Recibe mi deseo, que, subido
sobre un cristiano obrar, dará tal salto,
que toque ya, olvidado deste suelo,
el alto trono del impereo cielo.   580
    Y, en tanto que se llega el tiempo y punto
de poner en efecto mi deseo,
al ilustre auditorio que está junto,
en quien tanta bondad discierno y veo,
si ha estado mal sacado este trasunto   585
de la vida de Argel y trato feo,
pues es bueno el deseo que ha tenido,
en nombre del autor, perdón l[es pido].